田舎者にはよくわかりません

～ぼんやり辺境伯令嬢は、断罪された公爵令息をお持ち帰りする～

シンシア＝バルゴア
バルゴア辺境伯令嬢。本人に自覚はないが、ものすごい美少女。話すことが苦手だが、夜会では勇気を出してテオドールに婚約を申し込む。
テオドール＝ベイリー
公爵家の長男で、王女の元婚約者。夜会で婚約破棄をつきつけられたところを、シンシアに救われる。真面目で努力家。
主な登場人物

クルト＝ベイリー
公爵家の次男。テオドールの弟で、両親の愛を一身に受けて育ち、兄を見下している。王女とは恋仲。
アンジェリカ
王女。テオドールの元婚約者。勉強することが嫌いで、真面目なテオドールのことも嫌っていた。
レックス
隣国の第三王子。傲慢で、尊大。人を意のままに操ることが得意。シンシアとは幼い頃に会ったことがあり……。

Contents

1章　田舎者が王都にやってきました……3

2章　王都からバルゴアへ……43

3章　バルゴアに帰ってきました……88

4章　嫌なことを思い出してしまいました……121

5章　いざ、夜会へ……147

6章　田舎者にはよく分かりません……203

7章　願いを叶えた人たち……228

田舎者にはよくわかりません

~ぼんやり辺境伯令嬢は、断罪された公爵令息をお持ち帰りする~

来須みかん

イラスト
羽公

1章　田舎者が王都にやってきました

「シンシア様、それでは失礼いたします」

私に礼儀正しく頭を下げてから、メイドたちは部屋から出ていきました。

さすが王都で暮らすターチェ伯爵夫妻に仕える彼女たち。皆さん、とても上品で親切丁寧（ていねい）です。

「バルゴア領とは大違いだわ……」

私が生まれ育ったバルゴア領は、領民より馬や羊、牛のほうが多いんじゃない？　と思ってしまうようなド田舎です。

常に戦（いくさ）に備えるとかなんとかで、建物は全体的にゴツゴツして、人も衣服もこんなに洗練されていません。

まぁ、それが気楽でいいといえばいいんですが。

なんというか……。あそこは田舎すぎるのです。

王都から遠く離れた国境付近にあるバルゴア領。

夏は朝早くからセミが鳴き、夜はカエルの大合唱になります。太陽が落ちるとあたりは真っ暗になってしまい、あとはもう寝るだけ。

楽しみなんて何もありません。

だから私は、王都から本を取り寄せて読むことだけを楽しみにしていました。

流行り（はやり）のドレスカタログにうっとりしたり、王都で流行っている恋愛小説を読んだりするときにだけ、私の心はときめきます。

そんな田舎者の私が、なんと今、社交界デビューするために王都にやってきているのです。

まるで夢を見ているようで、ずっとドキドキしてしまっています。

どうして私が王都で暮らすターチェ伯爵夫妻にお世話になっているかというと、ターチェ伯爵夫人は私の母の妹、ようするに叔母（おば）なのです。

「叔母様もすごく綺麗（きれい）な方だったわ」

鮮やかなドレスを着こなす姿は洗練された大人の女性です。でも、叔母様の髪色や瞳は、私の母や私と同じで金髪に紫色の瞳なので、叔母様とは初対面なのに、なんだか親しみを感じます。

今着ている薄紫色のドレスは、叔母様が私にプレゼントしてくれたものです。こんなに綺麗で繊細な作りのドレス、バルゴア領では買えません。

私はきょろきょろとあたりを見回して、メイドが全員出ていったことを確認すると、急いで全身鏡の前に立ちました。鏡には、まるでお姫様のように着飾った私が映っています。

「わぁ、すごいすごーい！」

くるっと回ると、スカートがふわりと広がりました。

「こんなに素敵なドレス、初めて着たわ！」

ドレスの生地はとても肌触りがいいし、デザインも子どもっぽすぎず、かといって大人っぽいわけでもなく、なんというか、そう、ちょうどいい！

髪だってとても可愛くしてもらえました。メイドが編んだりまとめたりしてくれた髪は、もうどうなっているのか分かりません。でも素敵です。

お花をかたどった髪飾りは、ターチェ伯爵の叔父様がくれたものです。

「叔父様までセンスがいいなんて！　やっぱり王都に住む人たちはぜんぜん違う」

私の父なんて、王都に向かう前に「王都は危ないから」と言って護身用に短剣をくれました。兄なんて「お守りだ」と言って謎の木彫りをくれました。

両方、いちおう持ってきましたけど……こんなのもらって喜ぶ女性がいるのでしょうか？

私は少しも嬉しくなかったです。

コンコンッと部屋の扉がノックされました。私は慌てて鏡の前から離れます。

「ど、どうぞ」

声をかけると、深緑色のドレスを着た叔母様が現れました。

「わぁ……綺麗」

叔母様はクスッと笑います。

「もうこの子ったら、本当に可愛いんだから。あなたもとても綺麗よ、シンシア」

「あ、えっと、ありがとうございます」

叔母様は、たくさん私を褒めてくれます。たぶん初めての王都で緊張している私を励ましてくれているのでしょうね。

「シンシア、今日は夫があなたのエスコートをするわ」

「叔父様が!? 叔母様、いいのですか？」

「もちろんよ。可愛い姪のためだもの」

男性にエスコートされるなんて、なんだか本当にお姫様になったみたいです。

叔母様が「あなた」と扉のほうに声をかけると、正装した叔父様が入ってきました。

にっこりと優しく微笑んだ叔父様は、「シンシア嬢、お手を触れても？」と聞いてくれます。

戸惑う私に叔母様が「黙って右手を出しなさい」と耳打ちしました。

おずおずと私が右手を出すと、叔父様はその手を優しく取って、手の甲にキスをするふりをしてくれます。

「さぁ、行きましょうか。お姫様」

「は、はい！」

叔父様にエスコートされた私は、もう心臓がバグバグいっているし、足元はフラフラしているしで大変です。

なんとか馬車までたどり着き、３人で乗り込みました。

馬車の扉が閉められ、ゆっくりと馬車が動き出します。

社交シーズンを迎えた王都では、きらびやかな夜会があちらこちらで開催されていました。

年頃になった貴族の令息・令嬢たちは、その夜会で結婚相手を探します。

結婚適齢期になった私も社交界デビューをかねて、バルゴア領から王都に結婚相手を探しに来ました。

父も兄も同じように王都で結婚相手を見つけてバルゴア領に帰ってきました。でも、私と結婚したい人なんているのでしょうか？

こんなに住みやすい王都を離れて、ド田舎のバルゴア領まで来てくれる貴族の男性がいるとは思えません。

せわしなく自分の金髪を触っている私に、叔母様が眉をひそめました。

「少し落ち着きなさい、シンシア」

「す、すみません。緊張してしまって……」

叔母様と叔父様は顔を見合わせています。

「シンシアさんとお兄さんのリオくんは、少しも似ていないね」

「本当に。リオなんて堂々としすぎていて、逆にこっちが驚いたんだから」

いつでもマイペースな兄の姿が私の頭をよぎります。

「お兄様は、いろいろと鈍(にぶ)いのです」

私の言葉に2人は「ああ」と納得したような顔をします。お兄様は王都でも、いつも通り過ごしたようです。

叔父様が「バルゴア辺境伯が、シンシアさんのことを心配していた気持ちが少し分かるよ」と言いました。その言葉に私の頬は熱くなります。

王都に初めて行く私を心配して、過保護な父がたくさんの護衛をつけたのです。

そのあまりの護衛の多さに叔母夫婦は、私たちが王都に着いたとき、あんぐりと口を開けていました。

私はやめてって言ったのに……お父様が、どうしても譲ってくれなくて……本当に恥ずかしいです。

そんな話をしているうちに、馬車はお城にたどり着きました。

「わぁ……すごい」

真っ白なお城の城壁は低く、こんなの敵に攻められ放題です。王都のお城は戦うためのお城じゃないって本当だったのですね。

城内は、どこもかしこも絵画のように美しくて、見惚(みと)れてしまいます。

叔母様に小声で「シンシア、口を閉じなさい」と注意されたので、私は慌てて口を閉じました。私をエスコートしてくれている叔父様は優しく微笑んでいます。

王都の男性は、皆こんなに穏やかなのでしょうか？

王都にくわしい叔父様と叔母様がいてくれなければ、私は夜会にまともに参加することもできなかったはず。初めての王都でも恥をかかずにいられるのは、全てお２人のおかげなのです。

夜会会場に入ると、そこには物語の世界が広がっていました。

頭上を見れば、まるで星々が輝くようにシャンデリアがきらめいています。ホールの中心で踊る男女は、皆、同じ動きをしていて面白いです。

「うちの夜会とぜんぜん違う……」

バルゴア領での夜会は、騎士や農民たちが集まり、美味(おい)しいものを食べたりお酒をたくさん飲んで騒いだりします。ダンスもしますが、音楽に合わせて好き勝手に踊るだけです。

だから、王都に来るまでに、私は必死に淑女教育を受けてきました。そのおかげで、城内でのマナーやダンスは問題ないとは思うのですが……。

なんだか周囲の人たちが、こちらを見ているような気がします。もしかすると、田舎者だとバレて笑われているのかもしれません。

「お、叔母様、私、浮いていませんか？」

私はこの素敵なドレスをちゃんと着こなせているのでしょうか？

叔母様は「あら、そのドレス、気に入らなかった？」と、とんでもない勘違いをしています。

「いえ！　このドレス大好きです！」

叔母様は、少しはつれた私の髪を耳にかけてくれます。

「シンシア、堂々としていなさい。あなたは私の自慢の姪よ」

叔母様の言葉で、私の胸はじんわりと温かくなりました。

「ありがとうございます、叔母様。でも、すごく見られているようで……」

周囲の視線におびえる私に、叔母様は少し驚いたようです。

「シンシアってば、まだ王都での自身の価値が分かっていないのね。あれは、あなたに話しかける機会をうかがっているのよ」

「えっ!?」

叔母様はパッと扇を広げると、私の耳元でそっとささやきます。

「バルゴア辺境伯の娘であるあなたが今日の夜会に来ることは、ほとんどの貴族が知っているわ。バルゴア領は豊かだし、この国の軍事の要で、国王陛下も一目置いてらっしゃるから、お近づきになりたい人が多いのよ」

「あそこは、ただの田舎ですけど!?」

王都ではバルゴア領への誤解があるようです。

私はずっと不安だったことを叔母様に聞いてみました。

「叔母様……あんなド田舎で育った私と、結婚したいと思ってくれる人なんているのでしょうか？」

「何を言っているのよ！　あなたの兄リオが社交界に来たときなんて、そのたくましさにうっとり見惚れるご令嬢が続出したし、リオと話したくて令嬢たちの大行列ができたくらいなのよ!?」

「あ、あのクマのような兄に!?」

兄のリオは、何が楽しいのか毎日剣を振っています。

朝はバルゴア領の騎士たちと早朝訓練。夜は一人で夜間訓練。

昼間は、辺境伯である父の仕事を手伝っているらしいのですが、この前、呆れ顔の父に「リオ。お前、領地経営に向いてないわぁ」と言われた兄が「だよなぁ」と笑顔で返していたところを見てしまいました。

さすがにバルゴア領の未来が不安です。

そんな感じで、頭を使うのが少し苦手な兄ですが、なんとお嫁さんはとんでもなく美人なのです。

なんでも社交界で出会ってお互いに一目惚れしたそうなのですが、とてもじゃないけど信じられません。もう華奢で上品でお優しくって！

元は伯爵家の方なのですが、どこからどう見ても本当のお姫様です。

私がそんな兄嫁様に「どうして、こんなむさい兄の元に来てくださったのですか？」と聞いたときも、白い頬をピンク色に染めて「私は、リオ様ほど素敵な方に会ったことがありませんわ」とか言ってくれるような方なのです。本当に憧れてしまいます。

私が素敵な兄嫁様の思い出にひたっていると、叔母様に「こら、シンシア！　ぼうっとしない！」と怒られてしまいました。そういえば、夜会に参加中でした。

「シンシア、社交界は戦場なのよ」

「せ、戦場」

私はゴクリと生つばを飲み込みます。

確か、私が大好きな恋愛小説にもそんなことが書いてありました。

ヒロインが夜会でぼんやりしていると、ライバルの令嬢が『あ～ら、ごめんなさぁい』とか言ってワインを頭からぶっかけるのです。

他には、いきなり頬をぶたれて『アンタなんか〇〇様に不釣り合いよ！』とか言われるシーンもありました。

……王都、怖い。

あ、でも、これは小説の中でのお話です。現実と混同してはいけません。

私がしっかりしようと頭を左右に振ると、叔母様はクスリと微笑みました。

「大丈夫よ、シンシア。そんなに怖がらなくてもいいわ。だって、ここでのあなたは選ばれる側じゃないくて、選ぶ側の人間なの」

「は、はぁ……？」

それって私が選んだら誰とでも結婚できるということでしょうか？

そんな、まさか……。でも叔母様はウソをつくような方ではないですし。

だったら、例えば、あそこにいる、とんでもなく私好みの黒髪美青年とも結婚できる？

私の視線に気がついたのか、黒髪の美青年が小さく会釈（えしゃく）してくれました。瞳がルビーのように美しく、つい見惚れてしまいます。でも、その綺麗な顔は疲れ切っていて、目元にはクマまでできているような？

なんだか顔色も悪いです。黒髪美青年は体調がよくないのでしょうか？

『大丈夫ですか？』と声をかけようか悩んでいると、叔母様が私の腕を引っ張りました。

「シンシア、あの方はダメ」

「え？　で、でもさっき私は選ぶ側だって？」

「選べるといっても、婚約者がいる相手はダメよ」

「婚約者……」

それはその通りです。私を連れてその場から離れた叔母様は、小声で説明してくれました。

「あの黒髪の方は、ベイリー公爵令息のテオドール様よ。この国の王女殿下と婚約されているわ」

「王女殿下の婚約者様！」

私ったら、とんでもない方に声をかけようとしていたようです。危ない、危ない。

「そして、あそこにいらっしゃるのが王女殿下よ」

叔母様の視線の先を追うと、真っ赤な髪の、美しい女性がいました。

「あれが王女殿下……」

これぞ本物のお姫様です。

「でも、あれ？」

なぜだか王女殿下の周りに、妙に親しそうな銀髪の青年がいます。微笑み合い、身体を寄せ合う様子は、まるで恋人同士のようです。

「叔母様、あの方は？」

私の質問に叔母様は、いやぁな顔をしました。もちろん、洗練された淑女なので、その顔は扇で隠していて、私にしか見えていません。

「あれは、テオドール様の弟クルト様よ」

「……え？　でも、王女殿下とすごく親しそうですよ？」

その間にも、クルト様は王女殿下の右頬に口づけをしました。王女殿下はクルト様を咎（とが）めることもなく、頬を赤く染めています。

2人を見る叔母様の目は、とても冷ややかです。

「だから浮気よ、浮気。王女殿下は婚約者のテオドール様より、弟のクルト様のほうを気に入っているの。そのせいで、テオドール様につらく当たっているそうよ」

「は？　え？　どうして、浮気をした王女殿下がテオドール様につらく当たるのですか？」

全く意味が分かりません。叔母様も「ほんとにね」と呆れています。

「弟とはいえ、あんなのに好き勝手やらせるなんて。テオドール様も、2人の父であるベイリー公爵も一体何を考えているのやら。関わらないほうがいいわ。シンシア、あっちに行きましょう」

叔母様に言われてその場から離れるために歩き出した私は、ふと読んでいた恋愛小説を思い出しました。

私が大好きな小説には『悪役令嬢もの』というジャンルがあります。

元はヒロインをイジメる悪役のことを指す言葉だったのですが、その悪役令嬢が破滅回避のために頑張る物語がとても面白いのです！

私の好きな設定では、婚約者がいる王子が真実の愛に目覚めて、別の女性を愛するようになってしまいます。そして、王子は婚約者と婚約破棄をするために、婚約者を悪役に仕立て上げて断罪しようとするのですが、逆に王子と浮気相手の女性が断罪されてしまいます。

今のテオドール様の状況は、その『悪役令嬢もの』にそっくりです！

あっ、でも、テオドール様は令嬢ではなく令息なので『悪役令息』ですね。

そんなことを考えていると、夜会会場が急に騒がしくなりました。

「何かあったのかしら？」と叔母様と顔を見合わせていると、女性の大声が会場中に響き渡ります。

「テオドール＝ベイリー！　今この場で、お前との婚約を破棄するわ！」

え？　ま、まさか、このセリフは？

驚く叔母様を残して、私は人だかりに向かって走り出しました。普段は履かない高いヒールの靴でも、気をつければ走れるものなのですね！

私がそんなことを考えている間にも、有名なセリフが聞こえてきます。

「お前は嫉妬から、ここにいる弟のクルトを虐待していたそうね!?　そのような愚か者は、いずれこの国の女王となる私の王配にふさわしくない！」

人だかりをかきわけていくと、テオドール様を睨みつける王女殿下と、その横で悲しそうな顔をしている浮気相手のクルト様が見えます。

クルト様は王女殿下の腰に手を回しながら「兄さん、どうしてこのようなことを……。僕はただ兄さんと仲良くしたかっただけなのに」とか言いだしました。

いやいや、この銀髪野郎は、何を言っているのですか？

婚約者の浮気相手と仲良くするなんて、ありえないことでしょうが!?

堂々と浮気しながら、なぜか勝ち誇っている王女殿下とクルト様。その様子を見ていると、部外者の私でも、なんだかいやぁな気分になってきました。

でも、大丈夫です！

だって悪役令嬢ものは、ここから反撃に出るのが面白いのです。さぁ、悪役令息テオドール様、顔を上げて存分に言い返してくださいな！

と思っていたのですが、テオドール様はいつまでたっても顔を上げません。

しばらくすると、消え入りそうな小さな声で「……婚約破棄、うけたまわります」と聞こえてきました。

テオドール様に婚約破棄をつきつけていた王女殿下とクルト様は、手を取り合って喜んでいます。

「あはは、テオドールが罪を認めたわ！　これで私は愛するクルトと一緒になれる！　真実の愛の勝利よ！」

え？　え？　王女殿下の発言、やばくないですか？

これって現実？　こんなおかしなこと、小説の中でしか認められませんよ、というか、小説の中でも認められていないのに……。

王女殿下は「衛兵、罪人テオドールを捕えよ！」なんて叫んでいます。

いやいや、王女殿下の独断で公爵令息を罪人扱いはダメでしょう！

それなのに、テオドール様は抵抗すらする様子もありません。

私の周りにいる貴族たちは困惑しながらも、その顔にははっきりと『関わりたくない』と書かれています。

城の衛兵たちも困った顔をしながら、おそるおそるテオドール様に近づいていきます。そうですよね、あなたたちも困りますよね。

いくら待っても、悪役令息にされたテオドール様を助ける人は誰も出てきません。

えっと、こういうときは悪役令嬢ものの小説では、第二王子とか、隣国の王子とか、ちょっとワイルドな辺境伯かまたはその息子とかが、颯爽と現れて助けてくれるのですが……。

早くテオドール様を助けるために、第二王女か、隣国の王女が、ちょっとワイルドな女性辺境伯またはその令嬢、出てきてください！

あれ？　辺境伯令嬢って、私もそうですね？

いや、ワイルド要素はありませんけど。

そんなことを考えている間に、王女殿下は「何をしているの!?　早くテオドールを捕えなさい！」とヒステリックに叫びます。

困りきった衛兵がテオドール様の腕を掴もうとしました。

ああっ、ダメ！　こんなめちゃくちゃな命令を聞いて公爵令息に手出ししたら、あとからどんな目に遭わされるか！　あなたにも守るべき家族がいるのでしょう!?

仕方がないので、私は人だかりの中から前に出ました。そして、衛兵を制止します。

「や、やめておいたほうがいいですよ……」

小声でそう伝えると、衛兵はハッとなり顔を上げました。

や、やめて、そんな救世主を見るような目で、こちらを見ないでください。

王女殿下に「見ない顔ね、お前は誰なの？」と問われたので、私は頑張って練習した淑女の礼（カーテシー）をとりました。緊張で足がぷるっぷるしているのはお許しください。

「わ、私はバルゴア辺境……」

「はぁ!?　聞こえないわ！」

ひぃ、王女殿下のお顔が怖すぎです。隣にいるクルト様の顔も、不機嫌を通り越して殺気立つように私を睨みつけています。

あああ、こういう状況で出ていくには、こんなに勇気が必要だったのですね。小説では盛り上がるシーンですが、私には荷が重すぎます。しかも、ここからかっこよく悪役令息を助けるなんて私にはムリ！

そのとき、聞き慣れた声がその場に響きました。

「その方は、バルゴア辺境伯のご令嬢シンシア様です」

見ると、叔母様が堂々と王女殿下に立ち向かっています。

「バルゴアですって？」

ザワザワとざわめきが広がりました。

「あの、バルゴア領？」

「広大な土地を持ち、この国最強の軍隊を持つ、あのバルゴアのご令嬢！」

いいえいえ、何か誤解があるようですが、あそこは楽しいことなど何もない田舎です。

ずっと俯いていたテオドール様がゆっくりと顔を上げてこちらを見ました。

その目はうつろで生気がありません。

「だ、大丈夫ですか？」

テオドール様に伸ばした私の腕を、なぜかクルト様が掴みました。

え？　王女殿下のお側にいたはずなのに、いつのまに私の側に？

「バルゴアのご令嬢だったなんて！」

そう言うクルト様の瞳はキラキラと輝いています。

「僕はクルトと申します。なんてお美しい！　王都は初めてですか？　ぜひ僕にご案内させてください！」

え、えー？

ついさっきまで、私のことを殺しそうな目で見ていましたけど??

なんなんでしょうか、この気持ち悪い人は……と思っていたら、その後ろで王女殿下が恐ろしい顔で私を睨みつけています。

「……クルト、どういうつもりなの？」

「やだなぁアンジェリカ、焼きもちかい？　僕が愛しているのはアンジェリカだけだよ」

「本当？」

急に2人の世界に入った王女殿下とクルト様。

私はその隙に、こそっとテオドール様の袖を引っ張りました。

「テオドール様、今のうちに逃げましょう」

「しかし、それではあなたにまでご迷惑が……。どうか私のことはお気になさらず。私はもう、疲れてしまいました」

儚げなため息を聞くと、私の胸はなぜだかぎゅっとしめつけられました。

なんなんでしょうか、この気持ちは！　こんな気持ち、今まで感じたことがないです。

「く、くわしいことは分かりませんが、浮気はダメだって私の母が言っていました。だから、テオドール様が罪人になるのはおかしいです」

テオドール様は、悲しそうに微笑むだけで、この場から動こうとしません。

「あなたにご迷惑をかけるわけにはいきません」

そうなんですけど……あーえっと、小説ではどうしていたかな？

あ、そうそう、私からかっこよく婚約を申し込んでました。

私はテオドール様の顔を覗き込んで、その赤く美しい瞳を見つめます。

「テオドール様、私と婚約してください！」

その言葉に夜会会場は再びざわめきました。

テオドール様は赤い瞳を大きく見開いています。

「ど、して？」

「えっと、あのその……ひ、一目惚れです？」

その言葉を聞いたテオドール様が、初めてクスッと笑いました。

その微笑みの破壊力といったら！　あまりのトキメキに、私の心臓は破裂するかと思いました。

「シンシア様は、お優しいのですね」

テオドール様は、右手を自身の胸に当てると、私を優しく見つめました。

「その婚約、喜んでお受けします」

ワァと歓声が上がると共に、拍手が鳴り響きます。

そんな中「はぁ!?　テオドールは私の婚約者なのよ！」と叫ぶ王女殿下の声が聞こえました。

あれ？　さっき婚約破棄をつきつけていませんでしたっけ？

ため息をついたテオドール様は、遠慮がちに私の肩に手を近づけました。私の耳元ですごくいい声がします。

「少しだけシンシア様に触れることをお許しください」

「は、はいぃぃい」

私の肩を抱き寄せたテオドール様は、王女殿下を見つめました。

「先ほどもお伝えしましたが、婚約破棄をお受けします。でもそれは、王女殿下の浮気による有責で、私に非はありません」

そう言ったテオドール様の手は、かすかに震えていました。

私も震えながらテオドール様の手に触れて、『頑張れ』という気持ちを込めてテオドール様を見つめます。

「あなたの不義で私はとても苦しみました。次期女王陛下となられるあなたにふさわしい婚約者であり続けるために、私が今までどれほど……どれほど、この身を王家に捧げてきたか……」

悔しそうに歯を噛みしめるテオドール様。

「でも、それも今日で終わりです。弟のクルトに私の代わりができるものなら、やらせてみてください。私は……」

私の肩を掴むテオドール様の手に、少し力が入りました。

「私は、絶望の淵から引き上げてくださったシンシア様に、これからの全てを捧げます」

「兄さん、王女殿下に無礼だぞ！」

クルト様の叫びを聞いたテオドール様は、フッと鼻で笑いました。

「あなたたちのことだ。どうせ私を罪人に仕立て上げて、仕事だけ押しつけようと画策していたのでしょう」

それも悪役令嬢ものの小説あるあるですよね。もちろん、そんなひどいことが許されるはずはありません。

「行きましょう、シンシア様」

「はい！」

なんだか王女殿下とクルト様が叫んでいて騒がしいですけど、もう振り返る必要はありませんね。

夜会会場から出た私とテオドール様を、叔父様と叔母様が追いかけてきました。

「あ、叔父様、叔母様！　勝手なことをして、すみませ……」

謝ろうとした私に、叔母様はとてもよい笑顔を向けます。

「シンシアったら、すっごいじゃなーい！　こんなに優秀な方を婚約者にしちゃうなんて！　バルゴア領はこれからさらに栄えるわね」

叔父様も困ったような笑みを浮かべていますが、怒ってはいないようです。

「君たちは今すぐこの場から離れたほうがいい。あとのことは私たちに任せて」

「そうそう。王女殿下がこれ以上、何かをする前にね」

叔母様は嬉々として、私とテオドール様をターチェ伯爵家の馬車に詰め込みました。

「私たちは別の馬車で帰るから、あなたたちは2人でじっくり話し合ってね」

パチンとウィンクする叔母様。

私とテオドール様が向かい合わせで席に座ると、馬車がゆっくりと動き出します。

真正面から見るテオドール様は本当に美しいです。そして、美しいだけではなく、全身から誠実さがにじみ出ているような気がします。

いえ、誠実さだけではありません。気品と優雅さ、さらに物腰のやわらかさ。こんな男性、バルゴア領にはいないです。

でも、表情は疲れ切っていて、目の下にクマがあるのが心配ですが……。

とにかく、先ほど見た軽薄そうなクルト様とは大違いです！　お2人は本当にご兄弟なのかと疑いたくなってしまいます。

素敵なテオドール様に、私はどう見えているのでしょうか……。

そんなことを考えていたので、「シンシア様」とテオドール様に名前を呼ばれた私は盛大にビクついてしまいました。

「は、はい」

「改めて、先ほどは助けてくださりありがとうございます」

「いえ……」

冷静になってみれば、助けるためとはいえ、勢いで公爵令息に婚約を申し込んでしまいました。

「あのえっと、婚約の件どうしましょうか？　まず、テオドール様のお父様のベイリー公爵様にご相談したほうが……」

馬車の外に視線をそらしたテオドール様は、なんだか切ない表情をしています。

「父は私ではなく、クルトが王配にふさわしいと思っていることでしょう」

「え？　そうなのですか？」

テオドール様は、こくりと頷（うなず）きました。

「私の外見は、厳格だった祖父にそっくりなのです。祖父は父や母につらく当たっていたそうで。なので、私は両親からうとまれて育ちました」

「……はぁ？　いやいや、『なので』はおかしいですよ！　なんですか、そのありえない理由は!?」

テオドール様は、厳しかったおじいさんと似ているから、両親に嫌われている、ってことですよね!?　意味が分からないです！

「クルトの外見は、母にそっくりなのです。それで、父も溺愛（できあい）していて……。何をしてもクルトが褒められ、私はいつも怒られていました」

「そんなの差別を通り越して、虐待じゃないですか⁉　なんなんですか。ベイリー公爵家は愚か者の集まりですか⁉」

テオドール様がクスッと笑ったので、私は慌てて手で口を押さえました。

「す、すみません！」

「いえ、私のために怒ってくださる方がいるなんて……嬉しいです」

そう言ったテオドール様の目尻には、うっすらと涙が浮かんでいます。

家族に愛されずうとまれるって、どういう気持ちなのでしょうか？　少し想像しただけで、あまりのつらさに私も涙が出そうになってしまいました。

「そういうことなら、ベイリー公爵には会わないほうがいいですね！」

「そうしていただけると、ありがたいです」

私は家族に愛されて育ちました。私の父は、恥ずかしくなるくらい過保護だし、母も私のことをとても大切にしてくれています。兄だって、少しズレているけど、私を可愛がってくれているのは分かります。それがどれだけ幸福なことだったのか、テオドール様のお話を聞いて初めて気がつきました。

さらにテオドール様は、婚約者だった王女殿下に浮気までされて……。テオドール様のこれまでを思うと、胸が苦しくて仕方ありません。

「わ、私はテオドール様の嫌がることは決していたしません！」

「シンシア様……」

「あの、えっと、私の住んでいるバルゴア領はすごく田舎で何もないんです。何もないから疲れを癒すのには……いいかも？」

一体私は何を言っているのでしょうか？

「だから、その、婚約者でなくてもいいので、私と一緒にバルゴア領に来ませんか？　今のテオドール様に必要なのは、休息、のような気がします」

私は途切れ途切れになりながらも、なんとかそう伝えました。もっと堂々と話せる人になりたいです。

「……シンシア様は、どうして初めてあった私の言葉を信じて、助けてくださろうとするのですか？」

「え？」

「私の言葉がウソかもしれないとは疑わないのですか？　優しいあなたを騙して、都合よく利用しようとしているのかもしれませんよ」

テオドール様の瞳は真剣そのものです。ということは、王都にはウソをついて騙そうとする人が多いってことですか？

私の脳内に父の言葉がよぎります。

――王都は危ないから。

なるほど、それは確かに危ないですね。でも私だって、いい人と悪い人の区別くらいつきますから！

「テオドール様が悪い人ではないことくらい、初めて会った私でも分かります」

「シンシア様……」

テオドール様の声はかすれていました。

今までテオドール様の味方は、どこにもいなかったのでしょうか？　王都はこんなにもきらびやかで、たくさんの人たちが暮らしているのに。

「その、うまく言えませんが、バルゴア領では、困っている人がいたら助けます」

「ではシンシア様は、私が困っていたから助けてくださったのですか？」

「は、はい。あ、いえ、あの場ではああしないと、テオドール様だけでなく衛兵さんも大変な目に遭いそうだったので、慌てて出ていったというのもあります」

テオドール様の瞳がわずかに見開き、不思議なものを見るように私を見つめています。

あれ？　私、何かおかしなことを言いましたか⁉　はっ⁉　もしかして、そんな考え方をするのは田舎だけですか⁉　今、テオドール様に、私が田舎者だってバレちゃったのかも……。

そんな私をバカにすることなく、テオドール様は優しい笑みを浮かべました。

「シンシア様、お言葉に甘えさせてください」

「え？」

「バルゴア領にお邪魔してもよいでしょうか？」

「は、はい！　もちろんです！」

元気にお返事した私は、嬉しくてどうしようもなく胸がドキドキしています。テオドール様が笑ってくれると、私のつまらなかった世界が美しく輝いて見えるのが不思議です。

私とテオドール様を乗せた馬車は、お世話になっているターチェ伯爵邸に着きました。

伯爵邸の広大な庭園の端では、バルゴア領からついてきた私のたくさんの護衛たちが野営しています。

「あ、お嬢！　おかえりなさい！」

「どうですか？　いい男、捕まえましたか？」

そんなことを言いながら下品な笑い声を上げています。

や、やめてぇえ！　テオドール様の前で田舎者を丸出しにしないでぇえ！

ぽかんと口を開けているテオドール様は「バルゴアがご息女を守るためだけに、軍隊を率いて王都にやってきたというのは本当だったのか……」と呆れています。

だから、お父様に過保護はやめてって言ったのに！

私はあまりの恥ずかしさに、しばらく顔を上げられませんでした。

ターチェ伯爵夫妻と夜会に出かけたはずの私が、夫妻の代わりに若い男性を連れて帰ってきても、ターチェ家のメイドたちは少しも驚きません。

出迎えてくれたメイドたちは、私たちに礼儀正しく頭を下げます。

「おかえりなさいませ」

メイドたちの中で一番年上のメイド長が顔を上げたあとに、私を見つめています。そっか、状況を説明しないと。

「えっと、この方はテオドール様です。ベイリー公爵家の」

ほんの少しだけメイド長の目が見開きました。そうですよね。事前連絡もなく急に公爵令息を連れてこられたら困りますよね。私は慌てて言葉を続けました。

「あっ、テオドール様がここに来られることは、叔父様と叔母様も知っています。２人でじっくり話し合うように、と言われていて……」

私が勝手にテオドール様を連れてきたと思われたら大変ですものね。メイド長は深く頭を下げました。

「かしこまりました。すぐにテオドール様のお部屋をご用意させていただきます」

さすがターチェ家のメイド長です。理解が早い！

メイド長は私たちを客室まで案内してくれました。

「準備が整うまで、こちらのお部屋でお待ちください」

私たちは言われるままに、向かい合わせにソファーに座ります。

メイド長が部屋から出ると、すぐに別のメイドがお茶とサンドイッチを運んできました。

「お食事がまだではないかと思い、サンドイッチを準備させていただきました」

言われてみれば、夜会に参加してすぐに戻ってきたので、食事どころか飲み物すら飲んでいません。

はっ!?　そういえば、憧れていたダンスも踊っていません！　叔父様が踊ってくださる予定だったのに……。

でも、仕方ないですね。あのときの自分の行動を、私は少しも後悔していません。

メイドの気遣い（きづかい）に感謝しつつ食べたサンドイッチはとても美味しかったです。ふと、テオドール様を見ると、お茶は飲んでいますが、サンドイッチには手をつけていません。

「サンドイッチはお嫌いですか？」

テオドール様の端正な眉が困ったように下がります。

「そうではないのですが、食欲がなくて。申し訳ありません」

「あっそうですよね。大変な目に遭われたばかりですもんね」

そもそもテオドール様は、ずっと体調が悪そうです。ターチェ伯爵邸でゆっくり休めるとよいのですが。

私たちがお茶を飲み終えた頃、メイド長が再び客室に現れました。

「お部屋にご案内させていただきます」

立ち上がったテオドール様は、私に会釈しました。

「シンシア様、お先に失礼します」

「はい」

「また明日、これからのことをご相談させてください」

「分かりました。おやすみなさい」

私の言葉を聞いたテオドール様は、なぜかとても驚いています。

「わ、私、何かおかしなことを言いましたか？」

「いえ、お、おやすみなさい」

そう言ったテオドール様の頬は、なぜか少し赤くなっています。

え？　おやすみなさいって、王都では言わないのですか？　もしかして、男性に向かって言

うと下品な言葉になるとか⁉

誰か私に王都の常識を教えてください！

そんなことを考えている間に、メイドたちは私を私の部屋へと案内しました。室内は白を基調としているのですが、ポイントに淡いピンク色が使われていて、上品かつとても可愛いです。

聞けば、叔母様が私のためにわざわざ準備してくださった部屋なのだとか。初めてこの部屋を見たとき、あまりの可愛さにときめきが止まりませんでした。

メイドたちは私のドレスを脱がせたあと、入浴を手伝ってくれます。そっと私の顔に触れてメイクを落とし、優しく身体を洗ってくれました。

バルゴア領にもメイドはいますが、皆もっと気さくです。向こうではいつもにぎやかでしたが、ここでは誰も話しません。でも沈黙は心地好く、彼女たちの心遣いが行き届いています。

テオドール様もゆっくりされているといいのですが。

そういえば、テオドール様は「また明日」と言っていました。

「また明日もテオドール様にお会いできる……」

それどころか、テオドール様が本当にバルゴア領に来てくれたら、毎日でも会えるかもしれません。そうなったら、幸せすぎです。

私はドキドキしすぎて、ベッドに入ってもなかなか寝つくことができませんでした。

【テオドール視点】

ターチェ伯爵邸のメイド長に案内された客室は、それほど華美ではなく落ち着いた内装だった。しかし、見る目があればここには最高級のものが集められていると分かる。

急に押しかけたにしては、歓迎されているようだ。

控えていたメイド長に下がるように伝えてから、私はソファーに身を沈めた。身体は疲れ切っているのに、眠気を感じることはなく、脳裏には先ほど夜会で行われた婚約破棄の場面が浮かんでいる。

私の婚約者であるはずの王女殿下と弟のクルトが、人目をはばからず愛し合うようになってからというもの、いつかこんな日が来ることは分かっていた。

でも心のどこかで、真摯に王女殿下を支え続ければ、いつか私の努力を認めてくださるのではないかという淡い期待もあった。

しかし、今思えば、王女殿下と私が婚約したこと自体が間違いだった。

生まれたときから両親にうとまれていた私は、物心つく頃には公爵家を出ようと決めていた。

私がそう思うようになったのは、私とクルトの家庭教師をしていた人の影響だ。彼は穏やかで博識な男性だった。おそらく、私の置かれている環境に気づいていた。

うとまれる長男、愛される次男。

公爵家の使用人たちですら、私とクルトで態度を変えるのに、彼だけは平等だった。大人しく授業を受ける私を褒め、不真面目なクルトを注意した。だから、ひと月もせずにクビになってしまった。

公爵邸を去るときに、彼はわざわざ膝を折り、幼い私の目線に合わせてこう言った。

「本は誰にでも平等です。読書は体験であり対話です。あなたは決して一人ではありません」

それからの私は読書に没頭した。幸いなことに公爵家には、一生かかっても読み切れないほどの本があった。現実世界では一言も話さない日が多かったが、本を読むことにより、さまざまな体験をし、多くの賢人と対話ができた。

その結果、このままでは私は、いつか父に殺されるかもしれない、ということに気がついてしまった。

両親は、なんとしてでも溺愛しているクルトに、公爵家当主の座を譲りたいはず。だとすれば、長男の私は邪魔でしかない。

殺されるなんて嫌だった。だってまだ、読んでいない本がこんなにたくさんあるのに。

成人した私は父に『公爵家を継ぐことを放棄し、王家に仕える役人になりたい』と懇願した。父に初めて言ったわがままだった。

このときばかりは、両親も喜んで私に笑みを向けてくれた。そのあと、またすぐにうとましい私の存在を忘れた。

役人勤めは楽しかった。初めは『コネで入ってきたバカな公爵令息のお守りなんてごめんだ』という顔をしていた仕事仲間たちは、すぐに私が即戦力であると認めてくれた。

認められたことが嬉しくて、昼夜を問わず夢中で仕事をしていたら、半年もたたないうちに国王陛下に謁見を許された。それだけではない。第一王女アンジェリカ殿下の婚約者に任命されてしまった。

役人の中では、王女殿下のわがままは有名だった。王女殿下の後始末で残業することも少なくない。ようするに私は婚約者という名の『王女殿下の後始末係』に任命されてしまったのだ。

予想外の出来事だったが、これなら父も喜んでくれるだろうと報告すると、信じられないほど冷たい視線を向けられた。

「どうして、クルトではなくお前が……。お前など生まれてこなければよかった」

呪いの言葉と共に、地獄の日々が始まった。

何を思ったのか、両親は私の評判を落とすことに躍起になり、社交界に私のありもしないウワサを流し続けた。

その内容は、私がクルトに嫉妬してつらく当たっているだの、王女殿下とクルトは愛し合っていたのに、私が無理やり王女殿下を奪っただの、ありえないものばかり。

こんなウワサ、一体誰が信じるのだろうか？

あまりのバカバカしさに呆れながらも私は仕事を続けていた。

王女殿下のわがままはさらにひどくなっていき、対応に追われる日々。睡眠時間を削って仕事をしていると、そのうち寝ようとしても眠れなくなっていった。日に日に疲労だけが溜まっていく。

その間に、クルトが王女殿下に近づいて、ウワサを真実に変えたようだ。愚かな私はそんなことに少しも気がついていなかった。

胃のあたりがいつも重く、食が細くなっていった。それでも、仕事はいっこうに減らない。

大好きな読書も、もう長い間できていない。

一体、私は、何のために生きているのだろう？

そう思っていたとき、王女殿下から夜会に参加するように命じられた。いつもは「絶対に来ないで！」ときつく言われていたのに。

その夜会で行われた婚約破棄は、私にすれば甘い誘惑だった、これを受け入れれば、この苦しいだけの日々がようやく終わるのだと思えた。だから、婚約破棄を受け入れた。

もう全てが、どうでもよかった。ただ、楽になりたかった。

それなのに――。

私や衛兵を助けるために、王女殿下の前に飛び出したシンシア様の手は震えていた。

――テオドール様、今のうちに逃げましょう。

――テオドール様が罪人になるのはおかしいです。

――テオドール様、私と婚約してください！

シンシア様が紡ぎだす言葉は、信じられないほど心地好い。思い返すたびに、乾ききった私の心が、温かい何かで満たされていくような気がする。

――えっと、あのその……ひ、一目惚れです？

あのときは疑問形で返されてつい笑ってしまった。楽しくて笑うなんていつ以来だろう。笑った途端に、ぼんやりとしていた意識がはっきりとし、私は強烈に生きたくなった。そして、どうせこれからも地獄のような日々を生きていかなければならないのなら、私を助けてくださったシンシア様のために生きたい、と思った。

――テオドール様が悪い人ではないことくらい、初めて会った私でも分かります。

――サンドイッチはお嫌いですか？

――あっそうですよね。大変な目に遭われたばかりですもんね。

誰かに心配してもらえることが、こんなにも嬉しいだなんて知らなかった。私はふと、自分が眠いことに気がついた。

また、シンシア様の声が聞こえる。

――おやすみなさい。

長い間忘れていたけど、それは、幼い頃の私が憧れていた言葉だった。母は、クルトが眠るとき、毎日のように優しくこう言うのだ。

『愛おしいクルト、おやすみなさい』

そして、母はクルトの額にキスをする。

私には誰も言ってくれなかった言葉を、シンシア様はいとも簡単にくださった。それだけで、私は生涯シンシア様に誠心誠意お仕えできる。

シンシア様がくれた温かい言葉の数々を思い出し、私は幸福感に包まれながら眠りに落ちていった。

2章　王都からバルゴアへ

次の日。朝食の時間になっても、テオドール様はお部屋から出てきませんでした。

メイド長に尋ねると「何度お声がけをしてもお返事がなく……」と困り顔です。

そうですよね。許可なく公爵令息が泊まっている部屋に入るわけにはいきません。

「テオドール様は、昨晩、どのように過ごされていたのですか？」

「それが、すぐに下がるよう指示があったため、お部屋に案内してからのことは分かりません」

「ということは、テオドール様は結局、食事をとっていないんですね。顔色も悪かったですし、もしかして、お部屋の中で倒れているなんてことは……」

私とメイド長は顔を見合わせました。

「お、叔父様と叔母様はどちらに？」

「お戻りは今日の昼頃になるそうです。王城でやることができたとのことです」

あっ！　きっと、王女殿下の婚約破棄騒動のことで王城に残ってらっしゃるんですね。邸宅の主がいない今、この邸宅内でテオドール様の次に地位が高いのは、私ということになってしまうのですが。

チラリと見ると、メイド長も私の指示を待っています。

テオドール様は、疲れて眠っているだけの可能性が高いですが、昨晩から食事をとっていないのが気になります。私は覚悟を決めてテオドール様の部屋に向かいました。そのあとをメイド長が続きます。

扉をノックしても返事はありません。

「テオドール様？」

声をかけても無反応です。

ドアノブに手をかけると、カギは閉まっていませんでした。迷いながらも私はそっと扉を開けます。

「失礼しま――」

ソファーに倒れ込んでいるテオドール様を見つけて、私は悲鳴を上げてしまいました。

メイド長は「お医者様を呼んできます！」と言って走り去りました。

私がテオドール様に駆け寄ると、すぐに私の護衛騎士たちが室内に駆け込んできました。

「お嬢、悲鳴が聞こえましたが、どうかしましたか⁉」

「テオドール様が！」

護衛騎士の一人がテオドール様の手首や首筋に触れます。

「生きてはいますね。とにかくベッドに運びましょう」

　護衛騎士に抱えられたテオドール様は怖いくらいぐったりしています。ベッドに横たえられたテオドール様の手に触れると冷たすぎて驚きました。私はその冷たい手をぎゅっと握りしめることしかできません。

「テオドール様……」

　ほどなくして医者が駆けつけました。護衛騎士たちは診察の邪魔だと部屋の外に追い出されています。

　診察を終えた医者は私に向かってこう言いました。

「病気の類(たぐい)ではないようです。おそらく疲労が溜まっていらっしゃるのかと」

「どうすればいいですか？」

「目覚めてからもう一度診察しますが、今は安静にするしかないですね」

　医者が部屋から出ていくと、私はテオドール様と2人きりになりました。テオドール様の手はまだ冷たいままです。

　こんなとき、何もできない自分が悔しいです。体調が悪そうだったことに私は気がついていたのに。昨晩、もっとテオドール様のことを気にかけていたら、こんなことにはならなかったのかも。

ごめんなさい、テオドール様。

そのとき、テオドール様のまぶたがピクッと動いたあとにゆっくりと開きました。赤く美しい瞳がこちらに向けられます。

「シンシア様……？」

「大丈夫ですか？　苦しいところはありませんか？」

「はい、大丈夫です……。いい夢だ」

テオドール様の瞳が優しく細められました。

「すぐにお医者さんを呼びますね」

立ち上がろうとした私の手をテオドール様が掴みます。

「もう少しだけ、このままで」

「え？　は、はい」

まだ気分がよくないのでしょうか？　少しテオドール様の様子がおかしいような気がします。

「失礼します」

私はそっとテオドール様の額に手を当てました。テオドール様は気持ちよさそうに目を閉じます。

「熱はないようですね」

「はい。……ん？　温かい？」

テオドール様は、ガバッとベッドから起き上がりました。

「シンシア様⁉」

「え？　あっはい」

「夢、じゃない⁉　どうしてここに⁉」

「す、すみません！」

私がここにいる事情を説明すると、テオドール様の顔はどんどん赤くなっていきます。

「シンシア様には、その、大変ご迷惑をおかけしました」

「いえ、お医者さんを呼んできますね」

「はい」

テオドール様、今、絶対に熱ありますよね？　顔が赤いのを通り越して、湯気が出そうになっています。

そのあとのお医者さんの診断で、テオドール様は働きすぎて、心身共に衰弱しているとのこと。衰弱するほど働かされるなんて、テオドール様は今までどういう生活をされていたんでしょうか。

診断が終わる頃に、ちょうど叔父様と叔母様が王城から戻ってきました。

テオドール様が倒れたことを伝えると、２人はそろって困った顔をします。叔父様は「ゆっくり休んでいただきたいところだけど、君たちは一刻も早く王都を離れたほうがいい」と言いました。

「どうしてですか？」

「あのあと、騒ぎの報告を受けて夜会に国王陛下が来られてね。私たちは急きょ別室に呼び出されたんだ」

「叔父様と叔母様が、国王陛下にですか!?」

叔母様は神妙な顔で頷きます。

「そこで、王女殿下の婚約破棄の件を真に受けないようにと言われたの。すぐに王女殿下に謝罪させるから、テオドール様はこれまで通り王女殿下にお仕えするように、とおっしゃられたわ。陛下は王女殿下とテオドール様の婚約を解消する気はないようね」

「そんな！　王女殿下は堂々と浮気をした上に、夜会で一方的に責め立てて、テオドール様を罪人のように扱おうとしたんですよ!?　それなのに、まだ王女殿下にお仕えしろだなんて、ひどすぎます！」

これは謝罪だけで済むような話ではありません。本来ならテオドール様の実家であるベイリー公爵家が怒って王家に抗議するべきなのに、テオドール様の話を聞く限り、それはなさそうです。

叔母様もだいぶ怒っているようで、顔が強張っています。

「私たちもシンシアと同じ気持ちよ。でも、本当に王女殿下が謝罪をしてしまえば、王家の役人であるテオドール様は許さないわけにはいかないわ」

「じゃあ、テオドール様は、また倒れるまで働かされるような環境に戻らないといけないんですか⁉　そんなの納得できません！」

「落ち着いて、シンシア。まだ話の続きがあるわ。陛下はこうも言っていたの。この件は、決してバルゴア辺境伯には報告しないように、ってね」

「お父様に？」

「そう、もし、この件がバルゴア辺境伯に知られたら、どうなると思う？」

「それはもちろん、お父様は王女殿下にも国王陛下にもすごく怒ると思います」

お父様はとても優しいんですが、怒るとものすごく怖いです。ちなみに私は今まで一度も怒られたことはありませんが、子どものときに兄がむちゃなことをしてよく怒られていました。

そこで私はハッと気がつきます。

「ということは、このことを私がお父様に報告したら、なんとかしてもらえる？」

叔母様は「そう！」と言って微笑みました。

叔父様が「今はベイリー公爵が、テオドール様ではなく、弟のクルト様を王配にするべきだと国王陛下に進言していてね。その対応で王家はすぐには動けないんだ」と教えてくれます。

なるほど、分かりました。今のうちにテオドール様と一緒に、バルゴア領に帰ってしまえばいい、ということですね！

「でも、テオドール様の体調が……」

私の言葉をさえぎるように「私は大丈夫です」という声が背後から聞こえました。振り返ると、青い顔をしたテオドール様が立っています。

「シンシア様、すぐにでも出発しましょう」

「で、でも」

王都からバルゴア領までは、馬車でひと月もかかってしまいます。それくらいバルゴア領は遠いのです。

「私のことなら大丈夫です。どうか、私をバルゴア領にお連れください。私はもう二度と王女殿下にも、王家にもお仕えする気はありません」

そう言ったテオドール様の瞳は真剣そのものです。

「分かりました」

そういうことで、私たちは急ぎ王都を出ることになったのです。

私の護衛騎士たちは、あっという間に野営を片付け、さっさと王都を出る準備を済ませました。それを見たテオドール様が「さすが王国一と言われる軍隊なだけはある」と褒めてくれます。

バルゴア領から王都に来るとき、私は長距離移動用の馬車に乗ってきました。この馬車はとても大きく、私の身長なら馬車内で足を伸ばして寝ることができるくらい広いです。

テオドール様は、こういう馬車があることは本で読んで知っていたそうですが、実物は初めて見たとのことで、興味深そうにしています。

まぁ、こんなに大きな馬車が王都を走っていたら邪魔で仕方ないですものね。バルゴア領でもよほどのことがない限り使いません。

そんなテオドール様に私は「どうぞ」と声をかけました。

「どうぞ、とは？」

不思議そうな顔をしているテオドール様。

「え？　どうぞ馬車の中へ」

「ああ、馬車内も見せてくださるのですね」

馬車に乗り込んだテオドール様に続き、私も馬車に乗り込みました。私たちが乗り込んだことを確認した護衛騎士の一人が扉を閉めに来ます。

そのときにニヤニヤしながら、私の耳元で「お嬢、婿入り前の相手に手を出しちゃいけませんぜ」と下品な冗談を言ってきます。

本当に！　そういうの！　やめて!!

私が睨みつけると、「へへ、お2人でどうぞごゆっくり〜！」と言いながら、護衛騎士は扉を閉めました。

テオドール様は驚きの表情で私を見ています。

は、恥ずかしい……。

ゆっくりと動き出した馬車内で、私はテオドール様の視線を避けるように俯いていました。

「シンシア様」

「は、はい！」

顔を上げると、テオドール様の眉は困ったように下がっています。

「その、馬車が動き出してしまったのですが？」

「はい？　何か問題が？」

この馬車は王都を出て、今から急ぎバルゴア領に向かいます。

「あ、もしかして、忘れ物ですか？」

今ならまだ王都から出ていないので取りに帰れます。

「いえ、そうではなく」

忘れ物じゃないなら、何でしょうか？

私がテオドール様の言葉の続きを待っていると、テオドール様は不思議なことを言いだしました。

「私が馬車に乗ったままなのですが？」

「え？　はい、そうですね」

私とテオドール様は少しの間、無言で見つめ合いました。テオドール様の赤い瞳は、いつ見ても綺麗です。

テオドール様はまるで子どもに言い聞かせるように、ゆっくりと言葉を紡ぎました。

「シンシア様の馬車に、私が乗ったままです。私は降りて馬で行くので、馬車を停めて馬を貸していただけませんか？」

「どうして、テオドール様が馬車を降りる必要があるのですか？　馬車はお嫌いですか？」

「いえ、そうではありません。なんとご説明すればいいのか……」

私はここまで言われて、ようやくハッ!?　と気がつきました。

テオドール様、もしかして私に襲われるんじゃないかと心配しているのでは？

さっきの護衛騎士の下品な冗談が聞こえてしまっていたのかも⁉

「わ、私はテオドール様の嫌がることはしませんよ？　もし、私に何かされるのかと不安でしたら、私が馬車を降ります！」

「いえ、そういうことではなく！」

なんだか話が噛み合っていないような気がします。

「……あの、ようするにテオドール様は、私と馬車に乗るのが嫌……ということでしょうか？」

「決して！　決してそのような話ではありません！　ただ、私が馬車に同乗しているのがおかしいだけです」

「どうしておかしいんですか？　テオドール様は体調が悪いので、馬より馬車のほうがいいと思いますよ。それに、私たちは一応婚約者になったという形で、王都からバルゴア領に向かいます。同じ馬車に乗るのは普通のことでは？」

テオドール様は「婚約者は、同じ馬車に乗る……？」と呟いています。

もしかして、王都では違うのでしょうか？

テオドール様から深いため息が聞こえてきました。

「シンシア様、大変申し訳ありません。長年、王女殿下にお仕えしていたせいで、常識が飛んでおりました」

「え？」

テオドール様のお話では、王女殿下と婚約者らしいことをしたことがなかったそうです。移動の際の馬車は別々、夜会でエスコートすることも断られていたそう。

「王女殿下と婚約してからは、王女殿下の代わりに公務と後始末をする日々でしたので」

「それって……」

婚約者というより、補佐官では？

とにかく、テオドール様と王女殿下は、一般的な婚約者ではなかったんですね。

そのことに少しだけ嬉しくなってしまった私は、たぶん性格が悪いです。

「テオドール様、このまま馬車移動でいいでしょうか？」

「そうですね。今の体調で馬に乗ると、遅れをとってさらにご迷惑をかけてしまいそうです。申し訳ありませんが、このまま同乗させてください」

私はホッと胸を撫でおろしました。

「よかったです」

テオドール様がこの世に存在してくださるだけで、私の世界がキラキラしていますからね。バルゴア領に着くまで、ずっと一緒にいられるなんて、ご褒美以外の何物でもありません。王都まで来て本当によかったです。

「テオドール様が一緒だと、とても楽しい旅になります！」

「シンシア様……」

テオドール様は小さく咳払いをしたあとに「そういえば」と話題を変えました。

「シンシア様が先ほどおっしゃっていた『何かされる』とはなんのことでしょうか？　バルゴア領では、婚約者たちは馬車内で何かするのですか？」

私は思いっきりむせてしまいました。

驚いたテオドール様が私の隣の席に移動し、背中を撫でてくれます。

「大丈夫ですか⁉」

「だ、大丈夫、です」

顔がものすごく熱いです。穴があったら入ってしまいたい。

テオドール様は「王都とバルゴア領ではいろいろ違うようですね」と、真面目な顔をしています。

「シンシア様、バルゴア領のことを私に教えていただけませんか？」

「あっ、はい。でしたら、私も王都のことを教えてほしいです！」

「もちろんです」

こうして、ようやく会話が成立した私たちですが、そのあと、嬉しそうに微笑んだテオドール様の破壊力がすごすぎて、私はもう一度、盛大にむせてしまいました。

【アンジェリカ視点】

テオドールたちが夜会会場から姿を消したあと、しばらくすると、私は父である国王陛下に呼び出された。

そして、私の話を一切聞かず、「クルトとの婚約は認めない。テオドールに謝るように。お前の婚約者にふさわしい男はテオドールしかいない」と言ってきた。

お父様は、いつもそう！

一方的に命令するだけで、私の話なんて少しも聞いてくれない。私がどれだけ努力して、どれだけ苦しんでいるのか知ろうともしない。

私は女王になんかなりたくないのに！

だから、王妃であるお母様が2人目の子どもを妊娠したとき、私は弟が生まれることを期待した。だけど、生まれたのは妹だった。

お母様は体がそれほど強くないから、これ以上の出産は望めない。

妹が生まれた瞬間、私がこの国の次期女王になることが決定してしまった。

周囲の人は、私に多くのことを求める。私が自由に過ごせる時間なんて少しもない。それどころか、「国王陛下は、もっと努力されていましたよ」なんて、ひどいことを言ってくる。

「立派な女王になるために」と人は言うけど、私は女王になんてなりたくないのよ！

無理やり押しつけられた婚約者のテオドールだってそうだわ。

いつも陰鬱な空気を背負っているし、愛想笑いの一つもしない。口を開けば小言ばかり。

「王女殿下。この書類に目を通しましたか？」

「王女殿下、冷静にお考えください。その案では、多くの不利益が出てしまいます」

テオドールが婚約者になってからというもの、私が何かをしようとすると、必ず止められた。

仕事のことはもちろん、新しいドレスや宝石を買おうとしただけでも口をはさんでくる。

「王女殿下、今はドレスを作る必要はありません」

「お金なんて腐るほどあるじゃない！　なんのための王族なのよ！　こんなにも不自由な暮らしをさせられているのだから、せめてお金くらい自由に使わせてくれたっていいじゃない！」

テオドールの眉が困ったように下がる。その陰気な顔が気にいらない。

「何度もご説明しましたが、王家の財産は王女殿下が自由に使えるものではないのです。これらは民から集めた税であり……」

「黙りなさい！　私を誰だと思っているの⁉」

怒りに任せて、手に持っていた扇をテオドールに投げつけた。扇はテオドールの顔に当たり、頬に傷を作る。ようやく黙ったテオドールを見て、私は胸がスッとした。

テオドールを黙らせるには、こうしたらいいのね。

「気分が悪いわ。下がりなさい」

「しかし、王女殿下――」

「聞こえなかったの⁉」

テオドールは何か言いたそうな顔をしたまま、部屋から出ていった。

あの赤い目は、いつも私のことを見下している。

お父様と一緒で、テオドールは私の話なんて聞いてくれない。そんなに私のやることが気にいらないんだったら、全てテオドールがやればいい。

私の仕事を全部押しつけてやったら、テオドールはそれで満足したようね。私に口うるさく言わなくなった。結局あの男は、私から仕事を奪って権力を手に入れたかっただけなのよ！

テオドールに仕事を与えてやったあと、私はわずかな自由を楽しんだ。ドレスや宝石を好きなだけ買うことが、そんなに悪いことだとは思えない。

他の貴族たちもやっていることじゃない。どうして、私だけが責められないといけないのよ。どうせ、みんな次期女王としての私しか見ていないんだわ。どうして私は、王族に生まれてしまったのかしら。

町娘にでも生まれていたら、こんな苦労をせずに済んだのに……。

誰も本当の私を見てくれない。誰も私を褒めてくれない。ドレスや宝石で着飾っても、むなしいだけね。

そんなとき、テオドールの弟クルトに会った。

クルトはテオドールと違って、華やかで美しかった。いつも優しい笑みを浮かべながら、私を褒めてくれる。

「素敵だよ、アンジェリカ」

「君ほど素晴らしい女性はいない」

「いつも頑張っているね」

ようやく本当の私を見てくれる人に出会えたと思ったわ。その証拠に、私とクルトはあっという間に恋に落ちた。でも、私にはすでにテオドールという形だけの婚約者がいた。

私が女王になる未来は変えられない。だったらせめて、愛した人と一緒になりたい。クルトが側にいてくれるのなら、私はこのつらいだけの生活にも耐えられる。

それなのに、お父様はテオドールの味方をして、婚約破棄をさせてくれなかった。それどころか、テオドールに謝罪しろだなんて、ひどいことを命令する。

私のことなんて、少しも愛していないのね。

悲しみに暮れていると、クルトが私の部屋を訪れた。

「アンジェリカ」

クルトは優しく私の名前を呼んで抱きしめてくれる。

「国王陛下はなんて？」

「テオドールに謝れって。私とクルトの婚約は認めないって」

悔しくて涙があふれた。その涙をそっとクルトがぬぐってくれた。

「今、僕の父が僕たちの婚約を認めてくださるように、陛下に進言しているよ」

「ベイリー公爵が？」

でもお父様は、一度決めたことを簡単に覆すような人じゃない。

いくらベイリー公爵が説得しても、テオドールがいるかぎり、私たちは幸せにはなれない。

「テオドールが、いるかぎり……？」

そうだわ、テオドールなんかいなくなればいいのよ！

そうすれば、お父様もクルトとの婚約を認めてくださるはず。

私は、誰もいない部屋の隅に向かって「そこにいるんでしょう？　出てきなさい」と命じた。

部屋の隅からスッと人影が現れ、全身黒ずくめの小柄な者が床に片膝をつく。

この者は、王族につけられている特殊な護衛だった。名前はなく『カゲ』と呼ばれている。

カゲはそれぞれの王族に一人ずつつけられていて、命がけで王族を守ることが役目だった。

今まではめんどくさいことの後始末くらいしか利用価値がなかった。だけど、気配が消せるカゲを使えば、誰にもバレずに邪魔者を消すことができるんじゃないかしら？

私はカゲにこう命令した。

「テオドールを殺して」

カゲは何も言わない。そもそも今までカゲの声を聞いたことがない。

「聞こえなかったの？　テオドールを殺しなさい。殺すまで帰ってこないで」

カゲは小さく頷くと、現れたときと同じようにスッと消えた。

クルトが「護衛なんだろう？　いなくて大丈夫かい？」と心配してくれる。クルトはいつだって私のことを一番に考えてくれるのね。

「いいのよ。だって、私にはクルトがいるから」

クルトさえいれば私は幸せなの。愛するクルトにずっと側にいてほしい。

この国のために、なりたくもない女王になってあげるのだから、これくらいの願いは許され

るべきだわ。

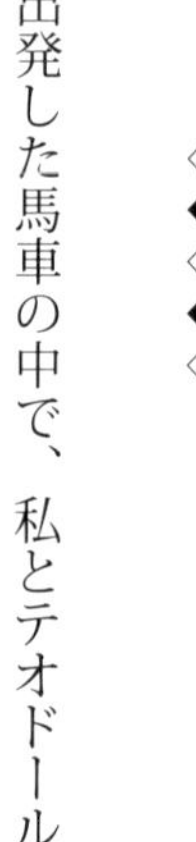

王都を出発した馬車の中で、私とテオドール様は王都とバルゴア領の違いを教え合いました。

「王都では、許可なく女性に触れるのは、とても失礼なことになります」

「へぇ」

そういえば、夜会のときテオドール様も、私に『触れることをお許しください』って言っていましたね。

テオドール様は、王都での作法や文化、そして政治のことまで、いろんなことを知っていました。それを無知な私でも分かるように、優しくかみ砕いて教えてくれます。

そういえば、お母様が『本当に賢い方というのは、専門的な難しいことですら、誰にでも分かるように説明できるのよ』と言っていました。

まさにテオドール様がそれだと思います。叔母様もテオドール様のことを『優秀な方』と言っていましたものね。

そもそも、王女殿下の代わりに公務をしていたくらいなので、テオドール様が優秀じゃないはずがないですよね。

　でも、優秀だからこそ、倒れるまで仕事をさせられてしまったんでしょう？

　今もまだ顔色が悪いような気がします。私がテオドール様を見つめていると、赤い瞳が私に向けられました。

「そういえば、シンシア様の専属メイドは、どちらにいるのでしょうか？　挨拶をしておきたいのですが」

「あ、それは……」

　痛いところをつかれてしまいました。この話をすると、私がわがままだとバレてしまいます。でも、テオドール様にウソをつくわけにはいきません。

　実は私には専属メイドがいません。私が10歳になったときに、専属メイドをつけることになったのですが、そのときメイド長がメイドたちを集めて話しているところをうっかり見てしまったのです。

　メイド長は、バルゴアの紋章が入った短剣を掲げました。

「シンシア様の専属メイドになる者には、この短剣が渡されます。なぜ短剣が渡されるか分かりますか？」

　一人のメイドが答えました。

「命がけで、シンシア様をお守りするためです」

メイド長はゆっくりと頷きます。

「そうです。シンシア様の専属メイドになるということは、常にシンシア様の一番近くでお仕えし、自分の命よりシンシア様を優先するということです。それができない者は専属メイドになる資格はありません。もし、シンシア様を守れず自分だけが生き残った場合、家族もろともバルゴアの地を二度と踏めないと思いなさい。その覚悟があるものだけが、シンシア様の専属メイドになることができます。覚悟がない者は、今すぐこの部屋から去りなさい」

部屋から出ていく人は誰もいませんでした。

いつもニコニコしている明るいメイドたちは、皆、怖いくらい真剣です。

あのときのことは、今思い出しても、胃が痛くなります。

「10歳の私は、それを見て、泣いちゃって……」

お父様をポカポカ殴（なぐ）りながら、『専属メイドなんか絶対にいらない！』とわがままを言ったのです。結局、誰か一人に決めず、これまで通りメイドたちは入れ替わりで私のお世話をしてくれることになりました。

それと同じ理由で、私には専属の護衛騎士もいません。

貴族令嬢らしくない、と言われてしまうかもしれませんが、私を守るために誰かが犠牲になるのは嫌なので仕方ありません。しかも、もし私を守れなかったら、家族ごと罰を受けてバルゴア領から追い出されてしまうなんて……。

でも、専属メイドがいなければ、誰か一人のせいにはなりません。私に何かあっても、メイド全員を追い出すことはできませんからね。

メイドたちからは「シンシア様！　もういい加減わがままを言わず、専属メイドを決めてください！」と怒られているのですが、私はこのわがままだけは押し通す気でいます。そのために、自分のことは全部自分一人でできるようにしていますから。

まぁ、そのわがままのせいで、王都に行く際に、心配したお父様にこんなにもたくさんの護衛騎士をつけられてしまったのですが……。

「私は、お父様に嫌だって言ったんですよ？　でも、聞いてくれなくて。本当に恥ずかしいです」

チラリとテオドール様を見ると、口がポカンと開いていました。

ほらっ、テオドール様にも、お父様の過保護を呆れられてしまっているじゃないですか！

テオドール様は「お気持ち分かります」と言ってくれました。

「そうですよね⁉　こんなに過保護にされたら、誰でも恥ずかしいですよね？」

「いいえ、そうではなく、これだけの護衛をつけた、バルゴア辺境伯のお気持ちが私には分かります。そして、シンシア様を命がけで守りたいと思うメイドたちの気持ちも」

「えっ、そっちですか？」

「はい。そして、ダメだと分かっていても、シンシア様の可愛い願いを許してしまう辺境伯のお気持ちも」

「可愛い……？」

今、テオドール様、私に可愛いって言いましたよね？

……あれ？　違う違う！　今の言い方は、願いが可愛いのであって、私が褒められたわけではないです！

危ない、おかしな勘違いをしてしまうところでした。

「私も、わがままはダメだと、分かってはいるんですが……」

テオドール様は困ったようにクスッと笑いました。

「それはわがままではありません。専属メイドへの厳罰が気になるなら、辺境伯に罰則の変更を掛け合ってみるのはいかがでしょうか？」

「お父様に？　な、なるほど！」

さすがテオドール様。話すこと全てが賢そうです。

「シンシア様さえよければ、私が辺境伯に掛け合います」

「いえいえ、そこまでしていただかなくても大丈夫です。テオドール様はのんびりしてください」

テオドール様の手が、私の右手を優しく包み込みました。

「え？」

私の心臓が跳ね上がります。混乱する頭で『あれ？　触れる許可は？　女性に勝手に触れてはいけないのでは？』と思いましたが、驚きすぎて考えがまとまりません。

「シンシア様に助けていただいた恩をお返ししたいのです。あなたの願いなら、全て叶えて差し上げたい。なんなりとご命令を」

え？　それって婚約者のふりをするというより補佐官では？　いや、補佐官でもないような？

そう思ったものの、テオドール様の切なそうな表情に見惚れてしまいます。

ダメです、このままでは私の心臓が持ちません。

私は慌てて話題を変えました。

「そ、そういえば、テオドール様は何をするのがお好きですか？」

私の急な質問は、テオドール様を悩ませてしまったようです。

「本を読むのが好きだったのですが、最近は読めていません」

「そうなのですね。私も本を読むのは好きですよ」

私は恋愛小説しか読みませんけどね。テオドール様はきっと難しい本を読んでいるんでしょうね。

「じゃあ、バルゴア領についたら、また本が読めますね！　のんびり過ごして、テオドール様の好きなことをたくさんしてくださいね」

「好きなこと……」

テオドール様は、また考え込んでしまいました。考えている姿も素敵です。

でも、顔色が悪いのがやっぱり気になります。

「テオドール様。顔色が悪いですよ？　少し眠りませんか？」

「いえ、気分がいいので大丈夫です」

いやいや、まだ目の下にクマがくっきりと残っていますよ!?

食事もまともにとっていませんよね!?

テオドール様は、同じ馬車に乗るのもためらっていたくらいなので、私にものすごく気を遣っているような気がします。

なので、私はわざとあくびをしました。

「ふ、ふわぁ……私は眠くなってきました」

目をこすって眠いアピールをします。

「私は寝るので、テオドール様も休んでくださいね」

「はい」

テオドール様は、少しためらったあとに「おやすみなさい」と言ってくれます。

「おやすみなさい」

私もそう言うと、テオドール様は少し恥ずかしそうに口元を緩めました。

なんですか、その素敵な表情は!?

というか、王都で『おやすみなさい』がどんな意味を持つのか聞くのを忘れていました。

でも、眠いと言ってしまったし、今さら聞けません。

気になりながらも目を閉じて、私はそのまま寝たふりをします。

しばらく寝たふりを続けたあとで、私は『もうそろそろいいかな?』と思いながら、薄目を開けました。

反対側の席に座っているテオドール様は、腕を組み馬車の側面に寄りかかるようにして目を閉じています。

どうやら眠ってくれたようです。

私はホッと胸を撫でおろしました。

やっぱり、疲れていたのに、私に気を遣って眠れなかったんですね。

テオドール様の寝顔は、とてつもなく美しい上に、なんだかあどけない感じがします。かっこいいのに可愛いって、どういうことなの⁉

もうずっと見ていられます。でも、寝顔を凝視され続けるなんて、嫌すぎですよね。

私は窓の外に目を向けました。王都の華やかな街並みは消えて、見渡す限り畑が広がっています。

王都から離れても、私たちが乗っている馬車は速度を落としません。馬に乗っている護衛騎士だけがついてこられる速さです。歩きの人や荷馬車は、あとから来るのでしょう。

国王陛下は、テオドール様を手放す気はないようなので、今は王都から少しでも離れる必要があります。だから、こんなにも急いでくれているのですね。

でも、この速さなら、1時間に1回は馬を休憩させなければいけません。

そんなことを考えているうちに、休憩のために馬車が止まりました。護衛騎士が馬車の扉をノックしたので、私は慌てて人差し指を立てて「しー！」と静かにするように伝えます。

「お嬢。馬を休ませつつ、夜まで走ります」

「分かりました」

しばらくすると、馬車の外が騒がしくなりました。

休憩を終えてまた馬を走らせるようです。あとはその繰り返しで、日が暮れるまで続きました。

太陽が傾き、空がオレンジ色に染まる頃、私たちを乗せた馬車がようやく止まりました。

護衛騎士が馬車の扉を開けて「お嬢。今日はここで野宿です」と教えてくれます。

「はい、分かりました」

野宿と言っても、私は馬車の中で寝ますからね。

それほど苦ではありません。

護衛騎士が扉を閉めると、それまでぐっすりと眠っていたテオドール様が起きてしまいました。

寝起きで少しボーッとしているテオドール様、眼福（がんぷく）です！

「……シンシア様？　私は、今までずっと眠って……？」

驚いているテオドール様に「気分はどうですか？」と尋ねると、「すごくいいです」と返ってきました。

よかった。心なしか、テオドール様の目の下のクマも薄くなっているような気がします。

睡眠不足はつらいですもんね。

テオドール様は、馬車の外に視線を向けました。窓の外には森が広がっています。

「ここは？」

「私には正確な場所は分かりません。でも、王都からだいぶ離れられたと思いますよ。今日はここで野宿だそうです」

「野宿……」

「あっ、テオドール様は私と一緒に馬車の中で寝てくださいね」

「いえ、さすがにそこまでは」

え？　テオドール様、外で寝るつもりですか？

初心者に野宿は、かなり厳しいらしいですよ？

テオドール様をどう説得しようか悩んでいるうちに、また馬車の扉がノックされました。

「お嬢。魚が焼けましたよ！　焚(た)き火の側にどうぞ！」

「はい、今行きます」

説得はひとまず置いておいて、私はテオドール様と一緒に馬車から降りました。

日が暮れた森の中は、気温が下がり肌寒いです。

焚き火の周りでは、数人の護衛騎士が忙しく動いていました。普段は下品なことばかり言っている人たちですが、こういうときは本当に頼りになります。

焚き火の側に置かれた丸太に、私とテオドール様は並んで座りました。

「温かい……」

そう呟いたテオドール様の顔は、焚き火に照らされ真っ赤に染まっています。

「焚き火に当たるのは初めてですか？」

「はい」

「では、焚き火で焼いた魚を食べるのも初めて？」

私がおそるおそる尋ねると、テオドール様は頷きました。

焚き火の周りには、串刺しにした川魚が何本も立てられています。

魚の焼ける香ばしい香りが食欲をそそりますが、体調が悪いテオドール様が、こんなワイルドな料理を食べられるのか心配です。

そんなことを全く気にしていない護衛騎士が「はい、焼けましたよー！」と、表面が少し焦げた魚を私とテオドール様に手渡しました。

受け取った焼き魚は、串の部分がほんのりと温かいです。

ジッと焼き魚を見つめるテオドール様。

「テ、テオドール様のお口に合うといいのですが……」

ドキドキしながら見ていると、テオドール様は魚にかぶりつきました。

一瞬だけ固まり、目を見開いたテオドール様は、何も言わず黙々と食べ続けます。

焼き魚の原型がなくなった頃に「美味しい」と言う呟きが聞こえてきました。

私はその言葉を聞いて、胸を撫でおろします。

「よかったです！」

安心した私は、手に持っていた焼き魚にかぶりつきました。皮はパリッとしていて、白身はふんわりとやわらかく、とても美味しいです。

魚にまぶされた塩加減も完璧！

護衛騎士に勧められて、テオドール様は２本目の焼き魚を食べはじめました。

「テオドール様は、お魚がお好きだったんですね」

私の言葉に、テオドール様はなぜか戸惑っています。

「いえ、そういうわけではないのですが……。王都での食事は、何を食べても美味しいとは思わなかったのに、今はとても美味しく感じます」

「でも、王都の食事はごちそうですよね？」

「そうですね」

「テオドール様は、もしかして、田舎料理のほうがお口に合うんでしょうか？」

「どうでしょうか」

そう言いながらも、テオドール様はモリモリと焼き魚を食べています。

「王都にいたときは、食事は胃に物をつめこむ作業でした。美味しいと感じたことはありません」

「じゃあ、王都から出られたから、食欲が戻ったんですね！」

テオドール様は食べる手を止めて、私を見つめました。

「そうかもしれませんが、それ以上に、やりたいことができたからかもしれません」

「やりたいこと？」

真剣な顔で頷いたテオドール様。

「以前も言いましたが、私はシンシア様に恩返しをしたいのです。なんでもご命令ください」

「め、命令って……」

私はテオドール様の服の袖を引っ張りました。

「今は護衛騎士たちがいるので、婚約者のふりをしてもらえませんか？」

私たちが本当は婚約者じゃないと分かったら、同じ馬車で過ごすのを止められてしまうかもしれません。

そうなったら、テオドール様の体調が心配です。

テオドール様は、ものすごく真面目な顔で「分かりました。善処（ぜんしょ）いたします」と頷きました。

その直後に、ニコリと微笑んだテオドール様。

「シンシア、ついているよ」と言いながら、私の唇を指でなぞります。

「!?　!?　!?」

驚く私の口元には、どうやら食べカスがついていたようで。

それを取ってくれたテオドール様は、そのままその指をペロリと舐めました。

「!?　!?　!?」

「可愛いな、シンシアは」

「!?　!?　!?」

急にどうしちゃったんですか!?　テオドール様、頭でも打ったんですか!?

ちかっ、顔が近すぎです！

護衛騎士たちが、ニヤニヤしながらこちらを見ています。

私はテオドール様の腕を引っ張ると、急いで焚き火から離れました。

「シンシア様、どうされましたか？」

そう言うテオドール様は、いつものテオドール様に戻っています。

「テオドール様こそ、どうしちゃったんですか!?」

「婚約者のふりをしたつもりなのですが、できていませんでしたか？」

あ、あー、なるほど！　できていたか、できていなかったかというと、できていましたね？

「いやでも、変わりすぎですよ！　そこまで無理をしなくて大丈夫です！」

テオドール様は目に見えて、しょんぼりしてしまいました。

「申し訳ありません。普通の婚約者がどういうものか分からなかったので、弟のクルトを参考にしましたが、問題があったようですね」

いや、あの人は参考にしてはいけませんよ⁉

兄の婚約者を奪うような銀髪野郎は、一度、罰を受けたほうがいいです！

「えっと、クルト様の真似はしないでください。私、ああいうタイプの方がきら……いえ、苦手というか」

一度会っただけの人様の弟に何を言っているんだって感じですが、生理的にムリなんですよね。

「私は、いつものテオドール様のほうがいいです」

「いつもの、私？」

「はい。クルト様の軽薄そうな感じは嫌いです」

あ、嫌いって言っちゃった。もういいか。

「私、テオドール様のような真面目な方のほうがいいです！」

「クルトより、私のほうが……？」

「はい！」

私が全力で頷くと、テオドール様は右手で顔を隠して横を向いてしまいました。

「テ、テオドール様？」

まるで逃げるように私から距離をとると「少し、その、反省してきます」と言って、森のほうに行ってしまいました。

「あっ、焚き火が見える場所より奥に行ってはダメですよー！」

私の声に気がついた護衛騎士の一人が、テオドール様のあとを追います。きっと護衛をするためでしょう。

これなら安心ですね。

それにしても、反省してきますって、テオドール様は本当に真面目で素敵です。

一人で馬車に戻った私は、ふと先ほどのクルト版テオドール様を思い出して、思わず赤面してしまいました。

「テオドール様にはああ言ったけど、テオドール様なら少しくらい軽薄でもいいかも……」

――可愛いな、シンシアは
「ふ、ふふ」

今日はよい夢が見られそうです。

【テオドール視点】

シンシア様が先ほどくださった言葉が、頭の中をぐるぐると回り続けている。

いつもの私でいい？

クルトが嫌いで私のほうがいい？

誰かにそんなことを言ってもらえる日が来るなんて、思ってもみなかった。

脈が早くなり、全身が焼けるように熱い。

普通なら病気になってしまったと考えるべきだが、この症状になったきっかけはシンシア様。

だとすれば、考えられることは一つ。

本で読んで少しも興味が持てなかったアレだ。

恋愛小説に出てくる、アレ。

これが、この気持ちが恋なのか？

いや待て、まだ分からない。

私はシンシア様のことをとても好(この)ましく思っている。

でも、好ましいだけでは恋とは限らない。

主に忠誠を誓う騎士は盲目的だと聞く。主に認められるために命すらかけるという。

だから私は、シンシア様という理想的な主に出会っただけかもしれない。

そうだ、まだ恋だと決めつけるわけには——。

「危ない！」

力強く肩を掴まれ、私は立ち止まった。

目の前には太い木が生えていて、このままだと顔面からぶつかっていた。

私を止めてくれたのは、精悍なバルゴアの騎士だった。

「それ以上、森の奥に行くのは危険です」

思考がまとまらず、とぎれとぎれのお礼を言うと、騎士は人懐っこく微笑んだ。

「俺はシンシア様の王都遠征の責任者をしているアロンです。失礼でなければテオドール様とお呼びしても？」

「もちろんです。私はなんとお呼びすれば？」

「アロンとお呼びください」

そうはいっても、アロンは私より年上だ。

バルゴア領でのアロンの立場が分からないだけに、彼への対応は慎重にならざるを得ない。

でも、同じくシンシア様にお仕えする身だから、仕事仲間だとも言える。

私が焚き火のほうを目指して歩き出すと、アロンは私の隣を一緒に歩いた。

「それにしても、さすがお嬢が選んだ方ですね。あんなによくしゃべるお嬢は初めて見ました」

「と、言うと？」

「お嬢は、俺たちには『はい』と『分かりました』くらいしか言いませんから」

「え？」

意外だった。シンシア様はくるくると表情が変わるのが愛らしいし、お話しされるときもとても楽しそうなのに。

「お嬢は俺たちに遠慮しているというか……。いや、誰かを特別扱いしないように気をつけている、が正解かな？　誰にでも優しいけど、誰にでも同じ距離を保つんです」

誰にでも優しいという言葉が、なぜか私の胸に刺さる。そんなシンシア様だからこそ、困っていた私を助けてくださったのに。

「お嬢はバルゴアから王都に来るとき、一度も文句を言わなかったんです。つらいとかしんどいとかすらも。俺にはお嬢と同じくらいの年の娘がいますが、いつも文句ばかり言っていますよ」

親しそうにアロンは私の肩に手を置く。その行動に不快さは感じない。

「だから、お嬢がテオドール様を連れてきて安心しました」

「私を、ですか？」

「そう！　あなたはお嬢の特別な人だ」

「特別……そうでしょうか？」

そんなことはないと分かっているのに、そうだったらいいと思ってしまう自分がいる。

シンシア様のいろんな表情も、文句やわがままですら、私にだけ向けられるものであれば嬉しい。

だから私は、これからそうしてもらえるように、シンシア様に誠心誠意お仕えして――。

「俺たちのように仕える者では、お嬢の特別にはなれませんからね」

アロンの言葉に私は固まる。

「お嬢はね、自分のせいで誰かが責任を取らされることにとても敏感なんですよ。だから、お嬢より下の者ではダメです。婚約者であるテオドール様のように、対等な立場でお嬢の隣に立てる人じゃないと」

「対等な立場……」

そんなことは恐れ多いとか、無理だとか言わないといけないのに、私の口からは別の言葉が出てきた。

「私はシンシア様の特別になりたいです。どうしたらいいですか？」

「ははっ、もう特別ですよ。だって、専属メイドすら選ばなかったあのお嬢が、初めて選んだ人ですから」

「選んだ……？」

いや、選ばれていない。あの場は、私や城の衛兵を助けるために仕方なくだ。

そう思ったが、ふと、先ほどのシンシア様の言葉が私の頭をよぎった。

――クルト様の軽薄そうな感じは嫌いです。

――私、テオドール様のような真面目な方のほうがいいです！

シンシア様はクルトより、私のほうがいいと言ってくれた。それは、クルトと私を比べて、私を選んでくださったということで……。

「私は、選ばれた？」

アロンが私の背中をバシッと叩く。

「そうですよ！　シンシア様を任せましたよ！」

「は、はい」

じわじわと身体の内側から喜びが湧いてくる。それと同時に『冷静になれ』という自分もいる。

確かにシンシア様は、クルトより私を選んでくださった。

でも、シンシア様に『婚約者でなくてもいいので、私と一緒にバルゴア領に来ませんか？』

と誘われている。

さっきだって『婚約者のふりをしてください』と言われた。

シンシア様は、私のことを婚約者だとは思っていない。もちろん、私に婚約者になってほしいとも思っていないだろう。

もしかすると、私を連れてきたことは、可哀想（かわいそう）な犬を拾ったくらいの感覚でしかないのかもしれない。

隣を歩くアロンを見ると、体つきはたくましく、肌は小麦色に焼けている。それに比べて私は、痩（や）せていて肌も青白い。

シンシア様にも「顔色が悪いですよ」とか「休んでください」などと言われてしまっている。

優しい言葉をかけてもらって、喜んでいる場合ではない！

まずはシンシア様に心配をかけないよう、体調を管理しなければ！

それに、いざというときにシンシア様を守れるように、身体も鍛える必要がある。

アロンのようにはいかないまでも、こんなに疲れ切った身体ではダメだ。

「私はシンシア様にふさわしい人になりたい」

私の呟きを聞いたアロンが笑った。

「ターチェ家の騎士に聞きましたが、テオドール様は公爵家の方なんですよね？　十分お嬢にふさわしい身分じゃないですか！」

またバシッと背中を叩かれた。

そうか、身分も必要だった。私が公爵令息でなければ、どれだけ努力しても、シンシア様に選んでもらえることはない。

でも、公爵令息なら話は変わってくる。

たとえ、私が公爵家でどんな扱いを受けていようが関係ない。遠いバルゴアの地では、実の両親によって流された私を貶めるウワサを知っている人もいないだろう。

だから、シンシア様のお気持ち次第では、本当の婚約者になれる可能性があることに気がついてしまった。

私は、生まれて初めて、自分の身体にベイリー公爵家の血が流れていることに感謝した。

3章　バルゴアに帰ってきました

あっという間に半月が過ぎ、バルゴア領はもう目の前です。

本当ならひと月かかる道のりを、飛ばして半分でたどり着きました。

この休憩を終えると、バルゴアが治める土地に入ります。森は抜けたので、あとは平たんな道が続きます。

王都から逃げるように出発しましたが、道中は何もなく、平穏に過ごせてよかったです。

ホッと胸を撫でおろしている私に、テオドール様が微笑みかけてくれました。

「シンシア様」

「あっ、は、はい。なんですか？」

「今日は魚を釣ってきます」

輝くような笑みを浮かべたテオドール様は、左手に釣竿を持っています。

うっ！　まぶしい！

テオドール様は、この半月の間にとても健康になりました。

出会った当初は「食欲がない」と言っていましたが、今ではたくさん食べられるようになっています。夜もぐっすり眠れるようで、目の下のクマもすっかり消えて、お肌もツルツル。

ただでさえ美青年だったテオドール様。その美しさは、もはや神々しいです。

それに、テオドール様は、私や護衛騎士たちのような田舎者をバカにすることなく、すごく丁寧に接してくれるのです。

だから、護衛騎士たちはテオドール様をすぐに気に入りました。テオドール様に「狩りに行きませんか？」とか「釣りに行きましょう！」とか誘うようになったのです。

テオドール様って公爵令息なんですよ⁉

そんなことをするわけないのに……と思っていたのですが、そこはさすがのテオドール様。

護衛騎士たちに怒ることもなく、付き合ってあげています。

今も釣りに誘われたようです。

テオドール様は、私に向かってまるで騎士のようにひざまずくと、「シンシア様のために、必ず食材を手に入れてきます」と言いながら、そっと私の手に触れます。

私の胸はもう高鳴りっぱなしです。

「はい。楽しみにしていますね」

ニヤつきそうになるのを必死にこらえている私は、テオドール様の白い頬が赤くなっていることに気がつきました。日焼けしてしまったのでしょうか？　心配です。

「あの、ムリには……」

「ムリではありません！」

その言葉の通り、食材をしっかりと集めてくるテオドール様。護衛騎士たちも「テオドール様すごい！」とか「覚えが早い！」と褒めています。

この方、できないことはないのでしょうか？

一瞬、そう思ったものの、私はテオドール様の手を思い出しました。王都を出たときは、傷一つなかったのに今は傷だらけです。

それに、テオドール様と一緒の馬車で過ごしている私は、テオドール様が護衛騎士たちから教えてもらったことを事細かに書き残していることを知っています。

だからきっと、テオドール様はなんでもできる方なのではなく、何でもできるようになるまで努力ができる方なんですね。それは本当にすごいことです。

釣りから戻ってきたテオドール様は、私を散歩に誘ってくれました。

「綺麗な場所を見つけました。ご一緒していただけますか？」

「もちろんです！」

私をエスコートしてくれるテオドール様は、物語に出てくる王子様より素敵です。

「ここです」

そうしてたどり着いた野原には、シロツメ草が咲いていました。

その景色は、まるで真っ白な絨毯を敷き詰めたかのようです。

「わぁ……なつかしいです」

「なつかしい、ですか？」

テオドール様の言葉に頷きながら、私はシロツメ草の花を摘みました。

「小さい頃、このお花で冠を作って遊んでいたんです」

メイドたちはみんな簡単そうに作るのに、私はいつも綺麗に作れませんでした。大好きな遊びだったのに、いつのまにこの遊びをしなくなったんでしょうか？

「えっと、たしか、こうして、こうして……あ、あれ？」

「なるほど。花を足しながら茎部分を編んでいき、大きな輪を作るんですね」

私の手元を見ていたテオドール様は、器用にシロツメ草を編み始めました。

そして「こんな感じでしょうか？」と、あっという間に花冠を作ってしまいます。

なんて優秀な⁉

テオドール様から見たら、私なんて何もできなさすぎて幼児に見えているかもしれません。

俯いている私の頭に、テオドール様は花冠を載せてくれました。

「シンシア様、とてもお似合いです」

まっすぐ見つめられて、そんなに優しく微笑まれたら、どうしたらいいのか分かりません。

でも、田舎者で何もできない私が、テオドール様を好きになるなんておこがましい。

田舎者……。

そういえば、子どもの頃にシロツメ草畑で、誰かに『田舎者のくせに生意気だ！』って言われたような？

『こんな何もないところに来て、お前と結婚してくれる奴なんかいない！』

そんなことも言われたような気がします。

あれは誰だったのでしょうか？　昔のことすぎて、思い出せません。

あのときはひどいと思いましたが、子どもの頃は自分が田舎者だと知らなかったので、言われても仕方がないような気がします。

テオドール様だって、バルゴアへ疲れを癒しに来ただけです。私によくしてくださるのも恩返しをしてくれているだけなのに、よこしまな感情を向けられたら困ってしまいますよね。

「シンシア様？」

落ち込む私の顔をテオドール様が覗き込みました。うっ、テオドール様ってちょっと距離感が近いんですよね。心臓に悪いです。

「花冠以外の思い出はありますか？　シンシア様の幼い頃の遊びを、もっと教えてください」

「えっと……」

さすがテオドール様、知的好奇心が強いです。

私はシロツメ草を一輪摘みました。そして、茎の部分を輪っかにしたあと、残った茎の部分をぐるぐると巻きつけます。これで指輪の完成です。

これなら簡単なので不器用な私でも作れます。

「テオドール様、左手を貸してください」

「はい」

なんのためらいもなく左手が差し出されます。私はテオドール様の薬指に、今作ったシロツメ草の指輪をはめました。

そして、できるだけ低い声を出します。

「愛している。結婚しよう！……なーんて。こういう風に指輪を作って結婚ごっこをしましたね」

テオドール様を見ると、見たこともないくらい赤面していました。

「ど、どどど、どうされましたか⁉」

「……いえ」

テオドール様は左手を胸に抱えて、指輪を隠してしまいます。

もしかして、結婚に憧れでもあったのでしょうか？

私がふざけて指輪をはめたから、初めての指輪交換を好きでもない私に奪われてひどくショックを受けているとか⁉

「あ、あの、テオドール様？　大丈夫ですか？　その、これは遊びで……」

「大丈夫です。理解しております」

じゃあ、どうしてそんなに目がうるんでいるんですか⁉

うわーん、ごめんなさい！

「シンシア様。この指輪、いただいてもいいでしょうか？」

「へ？　あ、はい、どうぞ。引きちぎるなり、燃やすなりお好きに」

「一生、大切にします」

「え？」

もう、わけが分かりません！

休憩の時間が終わったようで、護衛騎士が私たちを呼びに来ました。

馬車に戻ったテオドール様は、なぜかボーッと薬指にはめられたシロツメ草を眺めています。

いつもは馬車の中で、楽しくおしゃべりをしているのですが、今は声をかけづらいです。私はそれほどのことをしてしまったのだと、罪の意識に苛まれました。

ごめんなさい！　田舎者が調子に乗りました。遊びのつもりだったんです。本当に悪気はなくて！

ああっ、早くバルゴア城に着いてください！

私の願いを叶えるように、空は晴れ渡り、馬車を引く馬の歩みは早いです。

窓の外には建物なんかありません。放牧された羊がモシャモシャと草を食べ、羊飼いの少年が馬車に向かって両手を振ってくれています。

こういう光景を見ると、ああ、帰ってきたんだな、という気がします。

バルゴア城が見えてきましたが、王都の美しいお城を見たあとだと、あれは城とは言えません。要塞です、要塞。

私たちを乗せた馬車は、いかつい門をくぐり、要塞の中へと入っていきます。

馬車が止まりました。

まだボーッとしているテオドール様に、私は遠慮がちに声をかけます。

「着きましたよ」

ハッと我に返るような仕草をしたテオドール様。

それと同時に、馬車の扉が開きます。

テオドール様はいつものように、私を丁寧にエスコートしながら、馬車から降ろしてくれました。

指輪の件で怒っているわけではないようです。

馬車から降りた私を、家族が迎えてくれました。

「シンシア、無事か⁉」

そう言って一番に駆け寄ってきたのはお父様。

「ただいま――ぐぇっ⁉」

お父様の太い腕でぎゅうと抱きしめられた私は、つぶれたカエルのような声を出してしまいました。そこに「シンシアぁ！」と言いながら兄も加わったので、窒息しそうになります。

お母様がお父様とお兄様に、私を離すよう言ってくれました。さすがお母様です。

「お帰り、シンシア」

「ただいま、お母様」

私はテオドール様を振り返りました。

「紹介します。こちらは、ベイリー公爵家のテオドール様です」

「お初にお目にかかります」

テオドール様はお辞儀すらも優雅です。

「テオドール様は、私の……えっと」

婚約者って言っていいのでしょうか？　でも、それは王都から逃げるための口実だから、ここでは婚約者のふりをする必要はないのでは？

「えっと、その、お、お友達、的な？　バルゴア領へは疲れを癒しに来られました」

美しい兄嫁さまが「あらまぁ」と綺麗な声で驚いていています。

チラリとテオドール様を見ると、今にも倒れてしまいそうなほど、顔が青ざめていました。

「大丈夫ですか⁉」

「お、おともだ、ち……？　ただの、友達？」

お母様は「婚約者ではなかったの？」と不思議そうです。お父様は「シンシアの友達なら、私たちの大切な客人だ。歓迎しよう」と言いました。

そんな両親の側を通り過ぎ、兄嫁様が近づいてきます。

「テオドール様でしたか？　少しよろしいでしょうか……あら？」

テオドール様の顔を近くで見た兄嫁様は、驚きに目を見開きました。

兄嫁様が「王女殿下の奴隷（どれい）」と呟くと、顔を上げたテオドール様が兄嫁様の顔を見て驚きます。

「社交界の毒婦」

その言葉を聞いた兄嫁様は、クスッと微笑みました。

「なつかしい呼び名ですわ」

そして優雅に両手を広げます。

「テオドール様。ようこそ、この世の楽園へ。ここには私たちを苦しめる人は存在しません」

その言葉を聞いたテオドール様は、今にも泣きそうな顔をします。

「でも、安心するのはまだ早いですわ。もう気がついていらっしゃると思いますが、バルゴアの方々は、恐ろしいほど恋愛ごとに鈍いのです。だから、必死に愛を伝えて、泣いてすがって、頼み込んだ末、私はなんとか結婚してもらえました」

テオドール様は「あなたほどの方が？」と驚いています。

こくりと頷いた兄嫁様。

「なりふりなどかまっていられませんでしたわ！　だって、他の人に取られたくないんですもの！　あなただってそうでしょう？」

テオドール様がゆっくりとこちらを振り返りました。

私を見つめる赤い瞳は、なぜか真剣そのものです。

「確かに、なりふりかまっていられませんね。私も他の人に取られたくない。絶対に、どんな手を使ってでも落としてみせます」

そう言ったテオドール様は『もう疲れました』と言っていたような、うつろな目をしていません。

赤い瞳がとても生き生きしていたので、なんだかよく分かりませんが、私は『テオドール様をバルゴアに連れてきてよかった』と思いました。


テオドール様がバルゴア領に来てから1週間がたちました。

自室に飾っていたシロツメ草の花冠は、乾燥し色あせてしまっています。

テオドール様にいただいたものなので、なんとか綺麗に保管したかったのですが、残念です。

でも、枯れてしまう前に花冠からシロツメ草を何本か抜いて押し花にしたものは、とても綺麗にできています。

これでしおりを作ろうかな?

そんなことを考えていると、扉がノックされメイドが顔を出しました。

「シンシア様、今日もテオドール様が来られましたよ」

「はい、今、行きます」

バルゴア領に着いてから、私は毎日のようにテオドール様にバルゴア城内を案内しています。

王都のお城と作りが違うせいか、なかなか覚えられないそうです。

物覚えがよいテオドール様にしては珍しいのですが、私としては毎日テオドール様にお会いできるのでとても嬉しいです。

「お待たせしました」

私がそう伝えると、テオドール様は輝くような笑みを浮かべます。

「シンシア様。お時間をいただいてしまい申し訳ありません」

「いえいえ、テオドール様のお役に立てるなら嬉しいです！」

さりげなくエスコートしてくれるテオドール様。

2人でのんびりと城内を散策したあとに、私の部屋でお茶を飲むのが日課になりつつあります。なので、自室に戻るとお茶の準備が完璧でした。

向かい合ってお茶をする私たちには、メイドから生暖かい視線が送られています。付き合いが長いメイドには、私の片思いがバレてしまっているのかもしれません。

「テオドール様、バルゴア領はどうですか？」

「とてもいいですね。人はおおらかで土地も豊かです」

「よかった……。ゆっくりしてくださいね」

「そのことなのですが」

テオドール様は、端正な眉を困ったように下げました。

「実は、私から辺境伯にお願いして、バルゴア領で役人として働かせていただくことになりました」

「えっ⁉　せっかく癒しにきたのにですか？」

「はい。もう充分癒されましたので」

そういうテオドール様は、確かに王都にいたときより健康そうです。

「でも、もう少しゆっくりしてもいいと思うんですけど……」

「やりたいことができたのです」

テオドール様の瞳は、とても真剣です。そういえば、兄嫁様と何やら話していましたものね。

「分かりました。私、応援します。……でも、これからお忙しくなるなら、もうこうして一緒にお茶はできませんよね？」

「いえ、忙しくはなりません！」

悲しくて泣いてしまいそうですが、テオドール様の邪魔をしてはいけません。

ガタッと大きな音を立てて、テオドール様が椅子から立ち上がりました。

「そ、そうなのですか？」

「はい。仕事と言って、少し手伝いをさせていただくだけです。なので、これからもシンシア様に会いに来ます」

それはとても嬉しいですが。

「ご、ご迷惑では？」

「全く」

テオドール様の手が私の手に触れました。

「私がシンシア様に会いたいのです。会っていただけますか？」

切なそうな瞳で、そんなことを言われたら、勘違いしてしまいそうです。

「も、もちろんです！　私も、その、テオドール様とお話しするのが大好きですから」

「それはお友達として、ですか？」

赤い目に見つめられると、私の胸の内を見透かされてしまいそうです。必死にコクコク頷くことしかできません。

「そうですよね……」と言いながら、私の手を優しく握るテオドール様。

「シンシア様のお気持ち分かりました」

テオドール様の口元は微笑んでいるのに、目が笑っていないように見えるのは、気のせいでしょうか？

なんだか居心地の悪さを感じて、私は話題を変えました。

「そういえば、王都では許可なく女性に触れるのはとても失礼なことなのですよね？」

「はい、そうですね」

「王都から出るとそのルールはなくなるんですか？」

私の言葉にテオドール様は、不思議そうな顔をします。

「いえ、そのようなことはありません」

「でも、あの、テオドール様の手が……」

私の視線を追ったテオドール様の目が見開きました。

「こ、これは」

パッと手を離したあとに「すみません、無意識でした」と謝罪されます。

「いえいえ！　お気になさらず」

もしかしてテオドール様、私のことを女性として見ていないのかも？

兄嫁様と結婚する前の兄は、私の頭をぐしゃぐしゃに撫でたり、迷子にならないようにと手を繋ごうとしたりしていたので、もしかして、そういうノリですか？

私のこと、子どもか妹だと思っている？

ズーンと気分が落ち込みました。

それと同時に、テオドール様に子どもや妹扱いされるのは嫌だと気がつきます。もっとしっかりした大人の女性になれば、テオドール様も私を女性扱いしてくれるかもしれません。

テオドール様は、見知らぬ土地に来ても、しっかりとお仕事をされています。そんなテオドール様に認めてもらうために、私ももっと頑張らなければ！

でも、しっかりした大人の女性って、どうしたらなれるのでしょうか？

【テオドール視点】

指摘を受けてから初めて、自分がシンシア様の手に触れていることに気がついた。

いつのまにか私の手が、シンシア様の白く細い指を包み込んでいる。

状況を理解した途端に、一気に血の気が引き、じわじわと体温が上がっていく。

信じられない。一体いつからシンシア様の許可なく触れていたのか。シンシア様の口ぶりでは、今回だけではなさそうだ。

私はずっと、弟のクルトと王女殿下が公の場で触れ合っている様子を見て、分別に欠ける行動だと思っていたのに。

せめてもの救いが、私に触れられていたシンシア様に、嫌がっている素振りがなかったことだ。

でも、クルトに触れられている王女殿下のように、うっとりと頬を赤らめてもいない。シンシア様は、クルトのような軽薄な男は嫌だと言っていたから気をつけなければ。

自分の失態をごまかすように、私は「そろそろ時間ですね」と伝えた。

シンシア様がふわりと笑う。

「テオドール様、またいらしてくださいね」

「はい、必ず」

『また』という言葉を噛みしめながらシンシア様に別れを告げ、私は新しい仕事場へと向かった。

王家の役人になったときは、初めて周囲に認められて、ただただ仕事が楽しかった。

身体のことも考えず昼夜仕事をし続けたら、いつのまにか王女殿下の婚約者に任命されてしまった。

あのときは、どうしてそうなったのか理解できなかった。でも、今なら分かる。

私は自分の優秀さを証明して、国王陛下に役に立つ者と認められたのだ。役に立つ者の裏切りを防いで側に置くには、自分の血縁者と婚姻させ、一族に取り込んでしまえばいい。

だから、王女殿下は望んでもいないのに、私と婚約を結ばされてしまった。

そこに王女殿下の意思はない。その結果、王女殿下にはひどく憎まれた。

こうして、意図せずに成立してしまった婚約を、私はシンシア様を相手に、今度は意図的に起こそうとして動き出した。

まずは私がこのバルゴアの地で、己の優秀さを証明し、バルゴア辺境伯に認められるような功績を立てる。そうすれば国王陛下がそう思ったように、バルゴア辺境伯も、私を一族に取り込みたいと思ってくれるかもしれない。

そうすると、自然な流れでシンシア様との婚約が話に上がるはずだ。

幸いなことにシンシア様には、これまで想いを寄せていた男性はいないらしい。

それは、シンシア様に仕えるメイドたちに徹底的に聞き込んだので間違いない。

一つだけ気になるのは、古参のメイドが「シンシア様は、幼少期は隣国の王子様と親しかったらしいんですけどねぇ」と言っていたことだ。

くわしく話を聞こうにも、その当時はメイドになったばかりで、シンシア様付きではなかったらしい。そして、その頃シンシア様付きだったメイドたちは、さまざまな理由で今はもう辞めてしまったとか。

「隣国といえば、タイセンかレイムーア……」

どちらも今は我が国の同盟国だが、昔からの友好国であるレイムーアとは違い、タイセンとは50年ほど前まで戦争を繰り返していた。

本当にシンシア様が隣国の王子と親しかったのか。もし、親しかったのなら、どちらの国のどの王子なのか、どれくらい親しかったのか調べたほうがいいかもしれない。

いや、待て。そこまでするのと気持ち悪いだろうか？

恋愛において、何をどこまですることが法的に許されているのか分からない。こんなことになるのなら、もっと積極的に恋愛小説を読んでおけばよかった。

でも、情報収集は大切なことだ。やはりここは調べておいたほうが――。

「危ない！」

力強く二の腕を掴まれた。目の前には太い柱がある。このままでは顔面からぶつかっていた。

「テオドール様は、集中すると前を見ずに歩くクセがありますね」

そう言って笑ったのは、シンシア様の王都遠征の責任者をしていたアロンだった。

普段のアロンは、バルゴアの騎士団の騎士団長をしているらしい。ちなみにバルゴアに騎士団は３つもある。

その３つの騎士団をまとめるトップは、バルゴア辺境伯ではなく、シンシア様の兄であるリオ様だとか。

アロンは私の二の腕を掴んだまま、うんうんと頷いている。

「きちんと鍛錬を続けているようですね」

「はい、教えていただいたことを今も続けています」

王都からバルゴアに向かう道中、アロンには身体の鍛え方を教えてもらった。

そのおかげで、無理なく鍛えることができている。彼は騎士だけではなく、先生としても優秀だ。

アロンの後ろに小柄な女性が控えていた。質素なワンピースを着ていて、手には大きなカバンを持っている。

視線が合ったのでお互いに会釈した。見知らぬ人なのに、どこかで会ったような気がするのはなぜだろう？

アロンに「彼女は？」と尋ねると、「ああ、新しいメイドです」と教えてくれる。

「今からメイド長のところに案内するんですよ」

「あなたが直々に？」

「若い奴らに任せると、すぐに口説こうとするから困ったもんです」

騎士団長が案内するくらいだから、良家のお嬢様なのかもしれないと思ったが違ったようだ。

「では、失礼します」

笑いながら私の横を通り過ぎるアロン。それに続いた小柄な女性が私の横を通り過ぎたとき、素早く手のひらに何かをねじ込まれた。

驚き彼女を見ると、一瞬だけ視線を合わせたあと、黙ってアロンについていってしまう。

なんだ？

手を開くと、小さく畳まれた紙が入っていた。

嫌な予感がする。

私が王家の役人をしていた頃、誰かに聞かれては困ることを相手に伝えるときに、このような連絡手段を取っていた。

あせる気持ちを抑えて、周囲に人がいないことを確認してから紙を開くと、そこには文字がつづられていた。

『今夜、部屋に行く』

文字の下には、見覚えのある印が描かれていた。

楕円の中に黒く塗りつぶした丸。目玉のようにも見える。

それは、王女殿下に仕える者同士が、連絡を取り合うために使っていた秘密の印だった。

しっかりとした大人の女性になると決めたけど、何をどうしたらいいのか分かりません。
こういうときは、身近にいるしっかりとした大人の女性の意見を聞きましょう。

私は自室から出て、母の元へ向かうことにしました。

メイドに母の行方を尋ねると、今は大ホールにいるとのこと。

城の大ホールでは、夜会が開かれていました。天井に大きなシャンデリアがあり、どこもかしこもキラキラと輝いていたような気がします。あれに比べるとバルゴア城の大ホールは、ただの広い空間です。

まぁ、ここの大ホールはダンスをする場所というより、非常時に領民を避難させるための場所なので仕方ないような気もします。

そんな大ホール内で、母は数人のメイドたちと何やら忙しそうにしていました。

私が『出直したほうがいいかも？』と思っていると、母が私に気がつきます。

「あら、シンシア。どうしたの？」

そう言ってやわらかく微笑む母は、娘の私から見ても美人です。母と同じ金髪と紫色の瞳は私の密かな自慢です。

「お母様、お忙しそうですね」

「ええ。ほら、もうすぐいつもの交流会でしょう？」

「交流会……？」

不思議そうな顔をした私を見て、母は「もう」と呆れています。

「レイムーアとの交流会よ。２年に一度、友好国レイムーアの外交官が王都に行くでしょう？　その途中で、バルゴアに1週間ほど滞在するのよ。今は歓迎会の夜会に必要なものを確認しているところなの」

「あー」

そういえば、そうでした。私はレイムーアの人たちが来たときは夜会に参加しないので、すっかり忘れていました。

「シンシアは、今年もまた参加しないつもり？」

母からの視線が痛いです。

「今年はテオドール様がいるから、夜会のパートナーになってもらったら？」

「パートナー……」

とても魅力的な話に、私の心がグラグラと揺れます。

テオドール様と一緒に夜会に参加できたら、楽しいでしょうね。

正装したテオドール様が見られるし、もしかしたら、一緒にダンスを踊ることもできるかもしれません。

「シンシアは、ここには何をしに来たの？」

あ、そうでした。

私が母に「しっかりとした大人の女性になるにはどうしたらいいのでしょうか？」と尋ねると、母は頬に手を当てながら「そうねぇ」と考え込みます。

「自分の考えをしっかり持った女性は強いかもしれないわね」

「自分の考え……。どうしたら、それを持てますか？」

「難しく考えなくていいのよ。シンシアは何かやりたいことはないの？」

私は顔を寄せると、母の耳元でささやきました。

「実は私……テオドール様に女性扱いしてもらいたいんです。今は子どもか、妹くらいにしか思われていなくて……」

「あらあら、そういうことだったのねぇ」と母はとても嬉しそうです。

「そうよね。シンシアももう社交界デビューしたのだから、私の仕事を一緒にしましょうか」

「お母様のお仕事といえば、辺境伯夫人のお仕事ですよね？」

「そうよ。いずれリオが辺境伯を継げば、私の仕事は辺境伯夫人になったセレナさんに全て引き継がれるわ。だから、あなたは将来的には、セレナさんの補佐をすることになるわね」

母が言う『セレナさん』とは、麗しい兄嫁様のお名前です。

「わ、私がセレナお姉様の補佐……？　できる気がしません」

「どうして？　家庭教師たちはみんな、シンシアはとても優秀だと言っていたわよ」

「それはお兄様と比べて、ですよね……」

お兄様は勉強せずにすぐに抜け出して、どこかに行ってしまっていたから。

「そんなことないわ。あなたは貴族に必要な知識やマナーをきちんと学んできたわ。自信を持って。あとは経験を積むだけよ」

私でも経験を積んだら、しっかりした女性になれるのでしょうか？

確かに、セレナお姉様の補佐ができるくらい優秀になれば、テオドール様も私を見直してくれるかもしれません。

私は両手をぎゅっと握りしめました。

「私、頑張ります！」

こうして私は、お母様の仕事を手伝わせてもらうことになりました。初めは分からないことだらけでしたが、頑張って一つ一つ覚えていきます。

その間、役人として勤めるようになったテオドール様は、めきめきと頭角を現し、あっという間に父に重宝される人物になりました。

どうして私がそれを知っているのかというと、たまたま廊下で父がテオドール様の肩を叩きながら「君がリオの補佐官になってくれれば、バルゴアは安泰だな」と言っているのを見てしまったからです。

やっぱり、テオドール様ってすごいんですね。

それなのに、偉そうな態度をとったり、自慢したりすることがありません。しかも、忙しいはずなのに、毎日私とお茶をしてくれます。

今日もお茶の時間になるとテオドール様は、私の部屋を訪ねてきてくれました。

「シンシア様、お会いできて嬉しいです」

輝く笑みを浮かべるテオドール様。

「わ、私もです」

テーブルにつく前にテオドール様が口を開きました。いつも穏やかな方なのに、今日はどこか興奮しているように見えます。

「実は辺境伯から、外交を任せていただくことになりました！」

「お父様から？」

「はい。ですから、今シンシア様が準備を手伝ってらっしゃる、レイムーアの歓迎会も私が担当させていただけることになったのです」

「すごいです！　あれ、ということは……テオドール様と一緒にお仕事ができる……？」

「そうです！」

じわじわと嬉しさが広がっていきます。テオドール様は、そんな私の顔を覗き込みました。

「シンシア様。レイムーアの歓迎会として開かれる夜会でのパートナーはお決まりでしょうか？」

「あ……まだです」

口が裂けても、テオドール様と一緒に参加したいなんておこがましいことは言えません。

「でしたら、ぜひ私をパートナーとしてお連れください」

「え？」

幻聴でしょうか？

とんでもないことが聞こえたような気がします。

私が固まっている間に、テオドール様はまるで騎士のように床に片膝をつきました。

「シンシア様。あなたをエスコートする栄誉を私にください」

真剣なまなざしが私を見つめています。本当によいのでしょうか？

差し出されているテオドール様の手に、私はおそるおそる触れます。

「よ、喜んで？」

クスッと笑ったテオドール様に「どうして疑問形なのですか？」と言われてしまいます。

「だって、まさか、テオドール様に誘っていただけるなんて思っていなくて……」

「どうして？」

「どうしてって……」

　立ち上がったテオドール様の瞳から逃げるように、私は視線をそらしました。

「だって、バルゴア領は田舎ですし……」

「王都ではそう聞いていましたが、実際に見てみると、田舎なんてとんでもないです。確かに王都のような華やかさはないですが、軍事都市として栄えていますよ」

「そうなんですか？」

「はい」

「テオドール様がそう言うのなら、きっとそうなんですね」

「私の言うことなら信じてくださるのですか？」

「はい、もちろん」

「そうなのですね」

　テオドール様の笑みはとても素敵です。ドキドキしすぎて、自分でも何を言っているのか分からなくなってきました。

「で、でも、バルゴアが田舎でなくても、私は流行りも何も知らない田舎者ですし、何もできないし、しっかりしていないし、緊張してはっきり話すこともできなくて……」

　テオドール様の手が私の手を包み込みます。

「シンシア様はとても素敵です。こんなに素敵な女性を私は知りません」

「テオドール様……」

それってもしかして、私は子どもや妹扱いから抜け出せたのでしょうか？

もしそうだとしたら、とても嬉しいです。

「あなたに夜会用のドレスを贈らせてください」

「え？　いいんですか？」

「はい。私も給金をいただいていますので」

「あ、ありがとうございます」

まさか、テオドール様からドレスを贈っていただける日が来るなんて思いませんでした。まるで夢のようです。

顔が熱くて、口元がにやけてしまいます。

「……嬉しい」

ぽつりと漏れてしまった言葉を聞いたテオドール様は、私の手の甲にキスをしました。

「え？」

手の甲へのキスはふりだけで、実際にはしないはずなのに、テオドール様の唇が私の手の甲に当たっています。もしかして、私の記憶違いでしょうか？

そのことをテオドール様に尋ねると、テオドール様はなんだか意地悪そうな笑みを浮かべました。そんな顔も素敵です。

「通常はキスをするふりです。でも、夜会のパートナーにだけは本当にキスをしてもいいのです。これは王都での新しいルールです」

「そうなのですね。知りませんでした」

王都はたくさんルールがあって、覚えるのが大変です。

せっかくテオドール様に教えていただいたので、私も王都の新ルールを実践しようと思います。

私はテオドール様の手を握ると、顔をそっと近づけました。

「――というのは、もちろん冗談だっ」

テオドール様が何か言ったような気がしたのですが、聞き取る前に私はテオドール様の手の甲にキスをしてしまいました。

「テオドール様、すみません！　今、何か言いましたか？　あれ？」

いつかシロツメ草畑で見たときくらい、テオドール様が赤面しています。

「え？」

「……あなたの前でだけは堂々としていたいのに。それが、こんなに難しいなんて……」

口元を手で隠したテオドール様は、顔をそらしてしまいました。

私、また何か間違えましたか⁉

4章　嫌なことを思い出してしまいました

——あなたに夜会用のドレスを贈らせてください。

そう言ってくれたテオドール様は、本当に私にドレスを贈ってくださるそうです。

「シンシア様がお気に入りの、服飾士か店はありますか？」

「あ、それはですね……」

王都とは違い、バルゴア領には、ドレスだけを専門で売っているようなお店はありません。

なので、城内に服飾士を数人抱えていて、その人たちに作ってもらうしか選択肢がないのです。

「そうなのですね。では、服飾士に頼みましょう」

私の部屋に呼ばれた服飾士たちは、ニコニコを通り越して、みんなニヤニヤしています。

「シンシア様が夜会に出られるなんて久しぶりですね」

「張り切ってしまいますなぁ」

「本当に。大きくなられましたねぇ」

皆、子どもの頃から私の服を作ってくれているので、会話が親戚のおじさんやおばさんのようです。

テオドール様は『バルゴアは田舎ではない』と言ってくれましたが、こういうところを見ると田舎な気がしてしまいます。

でも、田舎であることを恥ずかしいと思う気持ちが前より減ったような？

それはきっと、テオドール様のおかげですね。

女性服飾士がパーテーションの後ろで、私の身体のサイズを測っています。

その間に他の服飾士がテオドール様に「どのようなドレスにしますか？」と尋ねました。

「それはシンシア様に。シンシア様がほしいドレスを作ってください」

その言葉を聞いた私は胸が温かくなりました。

誰かさんとは大違いです……ん？　誰かさん？

知らない誰かさんの声が聞こえてきます。

『なんだ、そのダサいドレス！　田舎者なんだから、お前は俺が選んだ服だけ着ろよ！』

少しずつ開けてはいけない記憶の扉が開いてしまっています。

この扉を私は開きたくないです。思い出さないように、私は必死に目の前のことに集中しました。

採寸が終わると、次はドレスの形や色を決めていきます。私とテオドール様は、並んでソフアーに座り、ドレスのデザインカタログを見ていました。

「どれにしようかな……」

「シンシア様は、どんなドレスでもお似合いですよ」

優しい笑みを浮かべたテオドール様は、そんなことまで言ってくれます。すごく嬉しいのに、
また頭の中で嫌な声が聞こえてきます。

『お前は本当にセンスがないな！　何を着ても一緒だ！　しょせん田舎者だからな』

やめて……。それは、思い出したくないの。

ドレスのことをあらかた決めると、服飾士たちは部屋から出ていきました。

テオドール様も休憩が終わり、仕事に戻らないといけない時間です。

私は一生懸命、笑顔を作りました。

「今日はありがとうございました」

テオドール様との時間は大好きですが、今は早く部屋から出ていってほしいです。

じゃないと――。

テオドール様の手が私の頬に触れました。

「どうして、泣きそうな顔をしているのですか？」

そう言うテオドール様は、苦しそうな顔をしています。

「もしかして、私がシンシア様を不快にするようなことを？」

「ち、ちが……」

私の脳裏に、偉そうな男の子が私のメイドを叩いている様子が浮かびました。

それを見た私は泣きながらやめるようにお願いしても、男の子はやめてくれません。

ああ……思い出してしまった……。

テオドール様があまりに素敵で私の理想の男性だったことにより、その真逆の人のことを思い出してしまうなんて……。


あれは、幼い私が城内に咲いていたシロツメ草畑でメイドたちと花冠を作って遊んでいたときのこと。

私より少し年上の男の子が近づいてきました。青い髪なんて初めて見ました。

彼は隣国から来ていた男の子です。離れたところには、男の子の護衛騎士たちがいます。

男の子は、私の側に座りました。

「何をしている？」

私は作りかけの花冠を見せました。男の子は「へたくそだな」とバカにしてきます。

だから、私は上手に作れる指輪を作りました。

そして男の子に見せてあげます。

「ふーん」と言いながら、男の子は、シロツメ草の指輪を手に取ります。

「おい、手を出せ」

私は言われるままに両手を出しました。

「違う！　左手だ」

素直に左手を出すと、男の子は私の左手の薬指にシロツメ草の指輪をはめます。

「妻にしてやる。俺の国に一緒に来い」

私は「ムリだよ」と断りました。

「どうしてだ⁉」

男の子の目は吊り上がっています。

「だって、私は大人になったら王都にお婿さんを探しに行くの。それで、バルゴア領に来てもらって結婚するから」

男の子の国に行くことはできません。

断られたことによほど腹が立ったのか、立ち上がった男の子が、私に掴みかかろうとしました。

側にいたメイドが私を守るように抱きしめます。そのとき、男の子にぶつかってしまい、男の子は尻もちをつきました。

「シンシア様、大丈夫ですか⁉」

「う、うん」

男の子の護衛騎士たちがこちらに駆けてきます。

尻もちをついた男の子は、手をケガしていました。ケガといっても、転んで少し擦りむいただけです。

男の子が「こいつに突き飛ばされた！」と私のメイドを指さしました。

護衛騎士たちの顔が怖くなります。

「これは一体どういうことだ⁉　この方を誰だと思っている？」

護衛騎士たちがメイドに向かって怒鳴っています。

私のメイドたちは、地面に両膝をついて、一斉に男の子に向かって頭を下げました。

「違うの、彼女たちは悪くない！　その子が……」

幼い私の言葉なんて誰も聞いてくれません。

男の子が私のメイドを叩きました。護衛騎士たちも剣に手をかけています。

「やめて！」

泣いて止めてもやめてくれません。力任せに叩かれているメイドの口元が切れて、血が出ています。

「やめて！　なんでもするから、もうやめて！」

男の子はようやくやめてくれました。

そのとき、騒ぎを聞きつけたバルゴアの騎士たちが駆けつけてくれました。

両国の騎士たちがもめています。

男の子の護衛騎士が、私のメイドが急に男の子を突き飛ばしてケガをさせたから、メイドの身柄を渡せと言っています。

「ち、ちが……」

そのとき男の子が私の耳元でささやきました。

「メイドを処刑されたくなかったら、俺の言うことを聞け」

「わ、分かった。なんでも聞くから、もうやめて……お願い」

「このことは誰にも言うなよ。言ったらお前のメイドを殺すからな」

必死に頷く私を見て、満足そうに男の子は笑いました。

そのあと、男の子は「突き飛ばされていない。勘違いだった。自分で転んだだけだ」と言ってその場を収めてくれました。

お互いの騎士たちは、納得がいっていなさそうです。

そのあと、すぐに両親が私に会いに来てくれましたが、私は、約束通り何も言いませんでした。お父様に「メイドから聞いている。向こうが先にシンシアに掴みかかろうとしたんだろう？」と言われましたが、私は黙っていました。

今なら、あのとき全て話してしまえば、すぐに解決したと分かります。でも子どもだった私は『言えばメイドを殺される』と本気で思っていました。

結局、当事者である私が黙ってしまったため、この件はあやふやになりました。今思えば、父の過保護が始まったのは、このときからかもしれません。

それまで、城内では護衛はついていなかったけど、次の日からバルゴアの騎士がどこに行くにも私の護衛としてついてくるようになりました。

なんでも言うことを聞くと約束させられた私は、男の子に無理やり連れ回されました。強く掴まれた腕がすごく痛かったのを覚えています。

バルゴアの騎士が近くにいるせいか、乱暴をされることはなくなりました。

でも、一緒にいる間、男の子は周囲の大人たちに聞こえないような小声で悪口を言ってきます。バルゴアがいかに田舎なのか、そこに住んでいる私が田舎者で、どれほど恥ずかしい存在なのか。

心配した大人たちにいろいろ聞かれましたが、私は「な、仲良くなった」としか言えませんでした。

男の子がバルゴアから去る日、私はとても嬉しかったです。

そんな私の耳元で男の子がささやきます。

「いいか、田舎者は大人しくしていろ！　お前を選んでくれる男なんかいないんだからな！」

必死に頷く私の頬に、男の子はキスをしました。

怖くて涙が出ました。そして、部屋に戻った私は気持ち悪くて吐いたのでした。

その男の子は、友好国レイムーアの第三王子です。あとで知ったのですが、青い髪はレイムーア王族の証しだとか。

その事件をきっかけに、私はレイムーアからバルゴアに来る人たちを徹底的に避けるようになりました。

そして、自分を守るためにつらい記憶にカギをかけて、いつのまにかすっかり忘れてしまっていたのです。

急にボロボロと泣き出した私を見て、テオドール様はどう思っているのでしょうか？

泣き止まないといけないと分かっているのに、あふれた涙は止まってくれません。

「す、すみません。ちょっと疲れてしまい……。何も、何もないのでお仕事に行ってください」

私が無理やり笑みを浮かべると、テオドール様に優しく引き寄せられました。

「え？」

気がつけば私はテオドール様の腕の中にいます。視界いっぱいに、テオドール様が着ている服の生地が広がっています。

戸惑う私の耳元で、テオドール様はささやきました。

「ご無礼をお許しください。あとからどのような罰でも受けます」

その声はなぜか苦しそうです。

「シンシア様のつらいお気持ちを話していただけませんか？　私ではダメでしょうか？」

「で、でも、お仕事の時間が……」

私を抱きしめる腕に力が入ります。その腕はたくましく、身体は私よりガッシリとしていました。細身に見える美しいテオドール様も異性なのだと改めて意識してしまいます。

「お気になさらず。今日遅刻したくらいで私の立場が揺らぐような、生半可（なまはんか）な仕事はしていません」

「そ、そういうものなんですか？」

「そういうものなのです」

テオドール様の腕の中は、春の日差しのようにポカポカしていて、なんだかとても安心でき

ます。

でも、父や兄に抱きしめられたときとはぜんぜん違います。さっきから、私の心臓の音がうるさいです。

恥ずかしいのに嬉しくて、おかしな気分になってきました。

いつのまにか、私の涙は止まっています。

私はテオドール様の香りと温かさに包まれながら、ポツリポツリと子どもの頃の記憶を話しました。

青い髪の男の子に、生まれて初めて暴力をふるわれそうになったこと。

私を守ってくれたメイドが叩かれてケガをしたこと。

言うことを聞かないと、私のメイドを殺すと脅されたこと。

自分の意志とは関係なく、無理やりあちらこちらに連れ回されたこと。

何度も田舎者だとバカにされて、お前なんかを選んでくれる男はいないと言われたこと。

私の話を聞き終えたテオドール様は、抱きしめながら私の頭を撫でてくれます。

「シンシア様に、なんて無礼な……レイムーアの第三王子、許さない」

その声は、いつもの優しいテオドール様からは想像できないほど低く、怒りに満ちていました。

「テオドール様……」

私のことで、そんなに怒ってくださるなんて……。

今度は嬉しくて、また泣いてしまいそうです。

でも、少し気になることがあります。私は顔を上げてテオドール様を見つめました。

「あの、私、その男の子がレイムーアの第三王子だって言いましたっけ？」

「あ」

妙な間を開けてからテオドール様は「……髪が青いのは、レイムーア王族の証しなので」と答えました。

「さすがテオドール様、レイムーアのことにもくわしいのですね！」

テオドール様は一度咳払いをしてから、私に視線を戻します。

「今回の交流会ですが、レイムーアからの参加者に第三王子の名前はありません。それに、レイムーアの第三王子は自国の公爵令嬢と婚約していて、近々結婚されるそうです」

それを聞いた私はホッと胸を撫でおろしました。

「よかったです」

別れるときに頬にキスなんかされたから、気に入られているのかと不安でした。そう考えると、頬にキスは都会では挨拶程度のことなんですね。都会、すごい。

でも、そういうことなら今後、第三王子と私の結婚話が持ち上がることはないでしょう。

これなら安心して夜会に参加できます。

「テオドール様と一緒に参加できる夜会、とても楽しみです！」

そう言った私をテオドール様は、もう一度、抱きしめてくれます。

「愚かな私は、今になって王女殿下や弟のクルトの気持ちが分かってしまいました。ダメだと理解しているのに、気がついたときには、もう触れてしまっていて……。大切な人が泣いているときに、触れる許可なんて取っていられません。すみません、シンシア様は軽薄な男が嫌いなのに……」

大切な人……。

テオドール様の大切な人になれているなんて、嬉しいです。

「シンシア様は、クルトより私を選んでくださったのに。真面目な私を評価してくださっていたのに……私のこと、幻滅しましたか？」

私はおずおずとテオドール様の背中に腕を回しました。

「テオドール様なら、軽薄でもいいです。触れる許可なんていりません」

私も今なら夜会の場で、親しそうに身体を寄せ合っていた王女殿下とクルト様の気持ちが分かります。まぁ分かったとしても、あの2人がテオドール様にしたことは許せませんが。

好きな人と触れ合うって、こんなにも心地好いんですね。

テオドール様、このままずっとバルゴアにいて、私と結婚してくれないかな？

お兄様の補佐官になるなら、私が奥さんになってもいいのでは？

大切な人だって言ってくれましたし、こうして抱きしめてくれているのだから、もう私たちは結婚しても問題がないような？

そこで私はハッとなりました。

恋愛小説では、少し優しくされて勘違いした痛い脇役の女が、ヒーローにつきまとい迷惑がられる、なんてこともあります。

それに、抱きしめる行為はバルゴアでは、なかなか踏み込んだ男女の関係ですが、王都ではどうか分かりません。頬にキスが挨拶として使われているのなら、抱きしめるのもたいしたことではない可能性があります。

大切な人を女性として愛しているとも限りませんし……。

そう考えると、その気もなく女性に優しくする小説のヒーローも悪いですよね。こんなことされたら、誰だって勘違いしてその気になってしまいます。

私が探るようにテオドール様の顔を見つめると、グッと顔が近づきました。

「シンシア様にお願いしたいことがあります」

「な、なんでしょうか？」

テオドール様からお願いされるなんて珍しいです。

「……それは、この交流会が無事に終わったときに改めてお伝えします」

「は、はい」

テオドール様は、「私の願いは、シンシア様にしか叶えることができないのです」と意味深なことを言います。

そう言われても、テオドール様にできなくて、私ができることなんて、あるとは思えないのですが。

「私がお役に立てるのでしたら、なんでも言ってください」

私を抱きしめる腕に、ぎゅっと力が入りました。

幸せって、こういうことを言うのかもしれません。

それからの私は、ずっとウキウキしながら過ごしていました。田舎で何も楽しいことがないと思っていた日々がウソのようです。

レイムーアを迎え入れる準備が終わった頃に、レイムーアの一団がバルゴアに到着しました。

出迎えるために正装したテオドール様は目の保養です。私のドレスもとても可愛く作ってもらえました。

本当にワクワクしていたんです。

出迎えたレイムーアの一団の中に、成長して大人になった第三王子の姿を見つける、そのときまでは。

バルゴア城内でレイムーアの一団を出迎えた私は、レイムーアの外交官たちの中に、なぜか青い髪をした青年がいることに気がつきました。

その青年はレイムーア王族の証しである青い髪を長く伸ばし、肩のあたりで緩く結んでいます。

髪や背が伸びても、あの偉そうな態度といじわるそうな顔に、子どもの頃の面影が残っていました。彼はあのときの男の子で間違いなさそうです。

とたんにつらかった記憶がよみがえり、心臓がバクバクして嫌な汗が出てきました。

テオドール様がレイムーアの一団に挨拶をしています。

「ようこそお越しくださいました。私はテオドールと申します。皆さんのバルゴア滞在期間中のお世話をさせていただきます」

私はテオドール様の少し後ろで俯いていました。

どうか、第三王子が私のことを忘れていますように……。

レイムーアの外交官の代表と思われる人が「よろしくお願いいたします」と伝えると、第三王子が話に割り込みます。

「出迎えはこれだけか？」

そう言った第三王子の後ろには、立派な鎧を着た騎士の姿も見えます。きっと第三王子の護衛騎士なのでしょう。

第三王子の言葉に、レイムーアの一団は慌てています。

「レックス殿下！」

レイムーアの第三王子ってレックスって名前だったんですね。

たしなめるように名前を呼ばれても、レックス殿下は気にした様子もありません。

「失礼しました。盛大な歓迎に感謝しております」

そう言いながら、テオドール様に頭を下げるレイムーアの外交官たち。レックス殿下以外はまともそうで安心しました。

テオドール様が「王家の方が来られるとは聞いておりませんが？」と尋ねると、「それが、いろいろ手違いがありまして……大変申し訳ありません」とのこと。

レイムーアの外交官は「改めまして、こちらの方は、我が国の第三王子レックス殿下です」と恐縮しながら教えてくれました。

第三王子……やっぱり、あのときの男の子だったんですね。

テオドール様はレックス殿下に向かって礼儀正しく会釈しました。

「レイムーアの第三王子殿下にご挨拶を申し上げます」

その言葉に合わせて、私が淑女の礼(カーテシー)をとりました。私と一緒に出迎えていたバルゴアの外交官やメイドたちも、一斉に頭を下げます。

それなのに挨拶をしたテオドール様を無視して、その横を通り過ぎ、レックス殿下は私の前で立ち止まりました。

レイムーアの外交官たちの慌てる声が聞こえます。

「で、殿下、何を!?」

殿下の鋭い目は、なぜか私を捉えています。

「なんだ、いるではないか。こそこそ隠れるな。探したぞ」

レックス殿下の右腕が私に向かって伸ばされました。

驚きすぎて身動きが取れません。子どもの頃に腕を掴まれてすごく痛かったことを思い出し身がすくみます。

レックス殿下の手が私の腕を掴む前に、テオドール様が間に入ってくれました。

「レックス殿下。こちらの方は、バルゴア辺境伯のご令嬢シンシア様です」

レイムーアの一団から「ひぃっ」と小さな悲鳴が上がります。

「知っている。俺がこんなド田舎まで来たのは、そいつに会うためだからな」

その言葉に、私の周囲にいるバルゴアの外交官たちの空気がピリッとひりつきました。

「俺とそいつは幼馴染だ」

「……え？」

信じられない言葉を聞いて、私はレックス殿下をまじまじと見てしまいました。

幼馴染？　私たち、子どもの頃に1回しか会ったことがありませんけど？

「仲がよかった。結婚の約束もしていた」

結婚の約束？　え？　誰と誰が？

「そうだろ、シンシア？」

頭が痛くなってきました。

テオドール様は「そうでしたか」と、レックス殿下の言葉をさりげなく流しました。そして、レイムーアの一団を宿泊場所に案内するようにメイドたちに伝えます。

レックス殿下はなかなか私から離れようとしませんでしたが、レイムーアの外交官たちに「お願いですから問題を起こさないでください！」と言われながら連れていかれました。

その様子にあっけにとられていると、レックス殿下の護衛騎士と目が合います。

レイムーアの護衛騎士にはいい思い出がありません。何を言われるのかと警戒していると、護衛騎士は私に向かって小さく会釈してからレックス殿下のあとに続きます。

彼らの背中が見えなくなった頃、私の身体の強張りがようやく解けました。

「はぁ……」

一気に気が抜けてふらついてしまった私をテオドール様が支えてくれます。

「大丈夫ですか⁉」

「お、驚きました」

「まさか、事前に連絡もなく、第三王子が押しかけてくるなんて……」

テオドール様も呆れています。

「私に会いに来たって言っていましたけど、レックス殿下には婚約者がいるんですよね？」

「はい、それは間違いありません。お相手は、レイムーアの公爵令嬢です。王家と公爵家を繋ぐ重要な婚約のようです」

「でしたら、レックス殿下は、幼馴染として私に会いに来たんでしょうね」

こちらとしては、一瞬たりとも幼馴染だなんて思ったことはなかったですけど。

テオドール様を見ると、なんだか難しい顔をしています。

「シンシア様。レックス殿下が滞在中、決してお一人で出歩かないでくださいね」

「それはもちろんです！」

レックス殿下とばったり出会ったら最悪なので、用事がないときは部屋に籠ろう、と心に誓います。

でも、これまでとは違い、私も交流会の準備に携わっています。仕事を途中で投げ出す気はありません。

何より、この交流会の責任者はテオドール様です。私のせいで失敗に終わらせるわけにはいかないのです。

「私のことはお気になさらず、予定通り進めてください」

「しかしそれでは、シンシア様がレックス殿下に何度も会うことになってしまいます」

テオドール様は、私のことを心配してくださっているんですね。

「大丈夫です！」

「シンシア様の大丈夫は、あまり信用できないのですが……」

テオドール様の手が私の髪を優しく撫でました。

「どうか私を頼ってください。あなたには頼られたいのです」

「本当に大丈夫ですよ。ありがとうございます」

テオドール様が少し寂しそうな顔をしたのは、気のせいでしょうか？

とにかく、交流会を無事に終わらせるために、レックス殿下ともめごとを起こすことだけは避けなければ。

レイムーアの一団がバルゴアに滞在するのは、たったの1週間です。その間は、過去のことを忘れてレイムーアの人たちを歓迎しよう、と私は心に決めました。

レックス殿下と出会わないようにするために、それからの私は仕事以外のときは、できるだけ部屋に籠っていました。

でも、2日目の夜に開かれた会食で顔を合わせることは避けられませんでした。この会食には、私の他にお父様、お母様、そしてテオドール様が参加しています。

お兄様と兄嫁のセレナお姉様は、別件で不在です。

本来なら、役人であるテオドール様は会食には参加しないのですが、公爵令息なのでこの場に招かれています。

それと同じ理由で、レイムーア側の参加者は、レックス殿下と貴族である外交官たちが数名参加していました。その中には、レックス殿下の護衛騎士もいます。ということは彼も貴族なのですね。

貴族ではないレイムーアの一団には、別室に食事を準備していました。

どうして分けているかというと、貴族と平民のテーブルマナーが異なるからです。

バルゴア領では、そういうことはあまり気にしないのですが、他国ではそうもいきませんものね。

そういうわけで、貴族と平民に分けて会食を開いています。

お父様とレイムーアの代表が話している間、レックス殿下はこちらをジーッと見ていました。

視線が痛い……。

お父様と代表の話が終わると、レックス殿下が口を開きます。

「辺境伯。シンシアにはまだ婚約者はいないよな？」

レイムーアの代表が「殿下！」と非難めいた声を上げました。

お父様は「レックス殿下は、レイムーアの公爵令嬢と近々ご結婚されるとか。おめでとうございます」と淡々と返します。

レックス殿下からは、チッと舌打ちが聞こえてきました。

血の気が引いて、今にも泣きそうになっているレイムーアの外交官たち。

お母様が満面の笑みで、側にあったグラスを手に取りました。

「あらあらまぁまぁ、いただいたこのグラス、とても美しいですわね」とレイムーアの一団が友好の証として贈ってくれたガラスのグラスを褒めました。

「レイムーアはガラス工芸で有名ですものねぇ」とニッコリ。

助かった、とばかりに代表は説明を始めます。

「え、ええ！　そうなのです！　このグラスには特殊な加工がされていて――」

さすがお父様とお母様。礼儀を知らない人の流し方がうまいです。

それにしても、レックス殿下は、一体何がしたいのでしょうか？

まさか、我が国とレイムーアの友好関係を壊したい、とか？

そのあと、食事が運ばれてきましたが、私はずっとレックス殿下からの視線を感じていました。

うっ、居心地が悪すぎて味が分かりません。

会食が終わると同時にレックス殿下が立ち上がり、こちらに歩いてきます。

すかさずテオドール様が間に入り、レックス殿下に「バルゴアの料理はいかがでしたか？」と聞いてくれました。

その間に、私はその場から静かに立ち去りました。

5章　いざ、夜会へ

レックス殿下に声をかけられそうになることが何回も続きましたが、なんとかかわしながら1週間が過ぎました。

テオドール様のおかげで、今のところ大きなもめ事は起こっていません。それに、テオドール様がいつも私を守ってくださるので、子どもの頃に感じたレックス殿下への恐怖は少しずつ薄れてきたような気がします。

今は怖いというより、周りが見えていない残念な人、という印象です。

あとは、今日行われる夜会を無事に乗り切るだけ。

メイドたちは張り切って私をドレスアップしてくれました。

テオドール様が贈ってくださった夜会用のドレスは、淡いピンク色です。

本当はテオドール様の瞳と同じ赤いドレスを着てみたかったのですが、そんなことを自分から言う勇気はありません。

服飾士たちは、張り切って私のドレスにフリルやらリボンやらをたくさんつけてくれようとしました。子どもの頃の私はそういうドレスが大好きだったから。

でも、今回は丁重にお断りしました。

なぜなら、今の私はテオドール様の隣に立っても違和感がないような、落ち着いた女性になりたいからです。

服飾士たちに希望を伝えると、派手な飾りは止めて、上品な刺繍を入れてくれました。

胸元や肩が出ているのは苦手なので、美しいレースで隠してくれています。

そうして完成したドレスは、可愛いのに落ち着きがあって、とても素敵でした。

そのドレスを着た私は、いつもより少しだけ大人っぽくなれたような気がします。

メイドの一人が「テオドール様が来られました」と教えてくれました。

部屋に入ってきたテオドール様を見た途端、私は言葉を失います。

飾り気のない黒い衣装なのに、テオドール様が着ると神々しく見えるのはなぜ!?

レイムーアの一団を出迎えるときも正装をしていましたが、夜会用の正装は髪までセットしているので、また一味違います。

私がボケーと見惚れていると、テオドール様はニコリと笑ってくれました。

「シンシア様、とても素敵です」

「あ、えっと、テオドール様も……」

テオドール様は、小脇に抱えていた箱のようなものを取り出します。

「本当なら、アクセサリーもシンシア様に選んでいただくべきなのですが……」

そう言いながら、パカッと開けた箱の中には、イヤリングとネックレスが入っていました。

それらには、テオドール様の瞳と同じ赤い宝石がついています。

自分の瞳の色を相手に送るのは好意の表れで……。

「もらっていただけますか？」

どこか不安そうなテオドール様。

「は、はい」

すぐにメイドがアクセサリーを受け取り、私につけてくれます。

テオドール様が贈ってくださったネックレスは、小さな赤い宝石と花の形の金細工が交互に並ぶデザインで、とても可愛いです。同じデザインのイヤリングが私の耳でゆらゆらと揺れています。

「すごく、綺麗……。ありがとうございます」

鏡越しにテオドール様の嬉しそうな笑みが見えました。

これってもしかして、テオドール様も私のこと……。

「シンシア様、お手をどうぞ」

差し出された手に自分の手を重ねると、私の胸が高鳴ります。今からこんなにときめいてしまって、私の心臓は持つのでしょうか。

夢見心地で夜会会場へと向かいました。

夜会会場では、さすがにレックス殿下を避けることはできません。

会場入りしたレックス殿下は、きらびやかな衣装を着こなしています。性格に問題がありすぎですけど、この人、顔だけはいいんですよね。

こうして改めてレックス殿下を見ると、女性にとてもモテそうです。まぁ私は少しもタイプではありませんが。

そんなレックス殿下は、まっすぐ私の元へと来ました。

「シンシア、話がある」

私はありませんけどね。この夜会が終わればレックス殿下はバルゴア領から去るので、あと少しの我慢です。

私はできるだけ笑顔を作って「はい、なんでしょうか？」と答えました。

ここにはお父様、お母様もいます。それに私の隣にはテオドール様がいてくれます。

さぁ思う存分、話してください。

「ここではダメだ。２人きりになりたい」

いや、どうして私が、婚約者のいるあなたと2人きりにならないといけないんですか!?

そんなことをして、周囲に誤解されたらどうしてくれるんですか⁉

「あの……」

私が断る前に、レックス殿下にさえぎられます。

「ダンスはどうだ？」

「え？」

どうだって？　いや、あなたとは踊りませんけど⁉

見かねたのかお母様が「バルゴアでは、パートナーと踊るのが先ですわ」とレックス殿下に言ってくれました。

その言葉に、さすがのレックス殿下も引き下がります。

ホッと胸を撫でおろしつつ、どうしてもっとはっきり断れないのか、と自分を責めてしまいます。それに、お母様のようにいろんなことをサラッと流せるようになりたいです。

隣にいたテオドール様が「シンシア様、踊っていただけますか？」と誘ってくれました。

「は、はい！」

優しく手を引かれ、ダンスホールへと出ていきます。そこには他にも何組もの男女がいました。

会場中の視線が私たちに集まっているような気がして、緊張してしまいます。

私、お父様としか踊ったことがないのですが、うまく踊れるでしょうか？

失敗してテオドール様の足を踏んでしまったらどうしよう!?

「シンシア様」

「はい!?」

慌てて顔を上げると、テオドール様の顔がすぐ近くにありました。手が重なり、腰に腕が回ります。

「あなたと踊れて光栄です」

微笑むテオドール様に見惚れているうちに、音楽が流れていました。

テオドール様、すごく楽しそう。

そんなテオドール様を見ていると、うまく踊らなければとか、失敗したらどうしようといった不安が溶けて消えていきます。

気がつけば私も、自然と笑みを浮かべていました。

テオドール様のリードがうまくて、急に私のダンスがうまくなったような気がします。

そう思った瞬間、私は小さくつまずいてしまいました。体勢を崩した私をとっさにテオドール様が抱き留めてくれます。

や、やってしまった……。血の気が引く思いとはこういうことを言うんですね。

早く謝らないと。半泣きになっている私の耳元で、ものすごくいい声がします。

「公の場であなたを抱きしめられるなんて、役得ですね」

そう言ったテオドール様は、いたずらっぽい笑みを浮かべていました。

「テオドール様……」

そっか、テオドール様は、私が失敗しても怒らないんですね。それどころか、はっきり話せなくても、しっかりしていなくても、いつも優しくしてくれます。

私は、そんな優しいテオドール様と、ずっと一緒にいたいです。

ダンスを再開した私は思い切って聞いてみました。

「あの、テオドール様のお願いって？」

おずおずと尋ねると、テオドール様は照れたように笑います。

「あとで聞いてください」

「はい」

私にしか叶えられないそのお願いは、もしかして、私と同じ願いなのかも？

夢のような時間はあっという間に終わってしまいました。

私たちがダンスを終えると、レックス殿下がこちらを睨んでいます。

「シンシア」

そう言って偉そうに出された右手は私に向けられています。私が喜んでその手を取るとでも思っているのでしょうか？

いつものようにテオドール様が間に入ってくれようとしましたが、私はそれを止めました。

さすがに王族からのダンスの申し込みを断るのは、失礼です。

それに、レックス殿下は私に話があるようなので、一度、聞いてみようと思います。ただし、2人きりになるつもりはありません。ダンス中に話してもらいます。

レックス殿下がどれだけ空気を読めなくても、まさかダンス中に暴力をふるうことはないでしょうから。

私はテオドール様に「大丈夫です」と伝えてから、レックス殿下の手を取りました。

その手に触れても、テオドール様のときとは違い、少しのときめきも感じませんでした。

私をエスコートするレックス殿下に、子どもの頃のような乱暴さはありません。

むしろ手馴れているというか……多くの女性と遊んでいそうな軽薄な感じが出ています。

テオドール様の弟といい、レックス殿下といい、顔が良く自分が女性にモテるという自信のある男性って、どうしてこんなに嫌な感じがするんでしょうか。

でも、これが世間一般でいうモテる男性なのでしょうね。

ダンスのためにレックス殿下と身体を寄せ合うと、耳元で「ようやく2人きりで話せるな」と甘くささやかれてゾッとします。

ゆったりとした静かな曲が流れ始めました。話すにはもってこいです。

私がレックス殿下の言葉を待っていると、レックス殿下はニヤッと口端を上げました。

「シンシアのこういうところがいい。静かで従順だ。俺の婚約者マリアは生意気でな。口うるさくてかなわん」

レックス殿下は、不機嫌そうに眉をひそめています。

「公爵令嬢の分際で王族の俺にあれをしろ、これをするなと命令してくる。挙句の果てに俺の交友関係にまで口を出してきた」

まぁ、婚約者がレックス殿下のような人だったら、口も出したくなりますよね。

むしろマリア様は、こんな婚約者でも真面目に向き合ってあげているんですね……尊敬してしまいます。きっと素敵な方なのでしょう。

私が「レイムーア王家と公爵家をつなぐ重要な婚約だと聞いています」と言うと、レックス殿下はわざとらしくため息をつきました。

「そうだ。普通ならマリアとの婚約は避けられない。だが、一つだけ避けられる方法がある」

意味ありげな視線を送られ、グッと腰を引き寄せられます。うっ、密着度が上がって気持ち悪いです。

もしかして、世の多くの女性はこういうことをされたらときめいて『キャー！　レックス殿下、素敵！』とでもなるのでしょうか？

　私は少しでもレックス殿下から距離を取ろうと身体を離しながら、「ではマリア様とは婚約を解消されるのですか？」と尋ねました。

「俺からはできない。だから、シンシアに会いに来た」

「は？」

　この人は一体何が言いたいのでしょうか？

「このままではマリアとの婚約は避けられない。だが、俺の結婚相手がバルゴア辺境伯の一人娘だと話が変わってくる」

「それって……」

　マリア様のことが気に入らないから、それを避けるために私と結婚するとでも言いたいのでしょうか？　そんな、まさかね。

　でも、残念ながら私の予想は当たってしまったようです。

「お前を俺の妻にしてやる。だが、俺はこんな田舎で暮らすのはごめんだ。シンシア、レイムーアに来い。ここでは味わえないような贅沢(ぜいたく)をさせてやろう」

　自分勝手すぎる提案に、私はもう開いた口がふさがりません。この人は、そんなくだらないことを言うために、わざわざバルゴアまで来たんでしょうか？

「……お断りします」

冷たい視線を送ると、レックス殿下はするりと私の頬を撫でました。

ぎゃあ⁉　気持ち悪い！

「そうすねるな。マリアとは何もない」

いや、そういう問題ではないんですよ。というか、そもそも私たち、子どもの頃に1度しか会っていないんですけど⁉

どうして私がその提案を喜んで受けると思っているのでしょうか？　レックス殿下の頭の中はどうなっているの⁉

「あの、私たち、子どもの頃に1度会ったきりで、今まで手紙のやりとりすらしたことがないですよね？」

私なんて、つい最近まであなたの存在すら忘れていましたよ。

「まぁそうだな。だが、マリアと結婚しなければならないと決まったとき、俺は本当に愛していた人を思い出したんだ」

『思い出した』って、レックス殿下も私と同じで、忘れていたってことですよね？

「今まで多くの女性を愛してきたが、シンシア、お前が一番俺にふさわしい」

うわっ……『多くの女性を愛してきた』って、やっぱり軽薄タイプだったんですね。

そういえば、レックス殿下はマリア様に『交友関係にも口を出される』って言っていました。

それって、結婚前に女性関係を清算しろ、って話だったのでは？

マリア様と結婚したら、国内で他の女性と遊べない。でも、言いたいこともはっきりと言えないような私が妻なら、これまで通り好き勝手遊べるから私を選ぶ、と。

私は内心で深いため息をついてしまいました。

一体なんの話をされるかと思っていたけど、聞く価値もない話でしたね。

私はもう一度、「お断りします」と伝えました。

その言葉にレックス殿下はムッとしたようです。

私の耳元で「お前みたいな田舎者が、俺に選ばれるのは光栄なことだろう？」とか訳の分からないことを言ってきます。

あれほど気にしていた田舎者という言葉が、今は何も気になりません。だって、テオドール様が、バルゴアは田舎じゃないって言ったから。

それに、たとえ田舎だったとしても、私がこのバルゴア領を愛していることに変わりはありません。

「私はバルゴアから出て他国に嫁ぐ気はありません。何度も言いますが、お断りします」

「どうしてだ？」

「どうしてって……。だから、バルゴアから出る気はないと」

私の言葉をさえぎったレックス殿下は「あの男か？」と言いながらテオドール様に視線を向けました。

ここは、他に好きな相手がいると思ってもらったほうが話が早いかもしれません。

「……だとしたら、なんですか？」

フッと嫌な笑みが浮かびます。

「お前は本当に可哀想な奴だな」

「何を……」

「あの男、若いメイドと逢い引きしていたぞ」

私は呆れてため息をついてしまいました。

「そんなウソを信じるわけないじゃないですか。もし本当にメイドと会っていたとしても、恋人とは限りません」

「真夜中に庭園の隅で、男女がコソコソしていたらそういうことだろう？」

「そういうことって、どういうことなんですか？　それに、どうして真夜中の庭園にレックス殿下がいるんです？」

私が不審な目を向けると「それは、お前になかなか会えないから、庭園を通り抜けてこっそり会いに行こうかと思ってな」と恐怖発言をされました。

「結局、バルゴアの騎士に見つかってしまい行けなかったが」

なんて恐ろしい……未遂に終わって良かったです。騎士さんたち、ありがとうございます！

ようやくダンスが終わりを迎えます。

「とにかく、私があなたと結婚することは絶対にありません」

ダンスが終わったのに、レックス殿下は手を放してくれません。グッと身体を引き寄せられて耳元でささやかれます。

「本当は分かっているんだろう？」

「何を……」

「バルゴア辺境伯の娘が、野心家の男たちにとってどういう存在なのか」

ドクンと心臓が嫌な音を立てました。

「テオドールだったか？　あの男、バルゴア領の役人なんだってな。すごい勢いで出世しているそうじゃないか。お前、利用されているんじゃないのか？」

「そんなこと……」

「ないと言い切れるか？　お前と結婚した男は将来安泰だぞ。結婚するまでは愛がなくても、さぞかし大切にしてくれるだろうよ」

その言葉は『お前になんか、なんの価値もない』と言われているようで私の心をえぐります。

「あの男に優しくされて調子に乗ったか？　自分が愛されているとでも？　お前がバルゴア辺境伯の娘でなくても、あの男は優しくしてくれるのか？」

……ああ、そうだった。この人は、乱暴なだけじゃない。言葉を使って相手の心を壊してしまえるような人でした。

「本命はコソコソと会っているメイドだな。王都から来たメイドらしい。田舎者のお前と違って美しかったぞ。お前は都合よく出世の道具に使われてしまったんだな。哀れなものだ」

鋭い言葉のナイフが刺さり、見えない血がドクドクと流れていきます。

「田舎者は本当に騙されやすい。だから子どものときに教えてやっただろう？　お前を選んでくれる男なんかいないんだよ。俺以外にな」

私のあごに指がかかり、レックス殿下の顔が近づいてきます。

逃げないといけないのに、心が痛くて身動きがとれません。このままではまた頬にキスされてしまう――そう思ったとき、両肩を掴まれて私は後ろに引っ張られました。

「シンシア様、ご無事ですか？」

どこまでも優しい声音に、私は泣きたくなってしまいます。

「……テオドール様」

テオドール様はレックス殿下を冷たく睨みつけました。

「シンシア様は気分がすぐれないご様子。失礼します」

レックス殿下は、不敵に笑っています。

私はテオドール様に肩を抱かれながら歩き、気がつけばバルコニーにいました。

冷たい夜風を受けてようやく頭が動き出します。

「シンシア様……」

私を見つめるテオドール様の瞳は、いつもと違ってあせっているように見えます。

「レックス殿下と何があったのですか？」

テオドール様の言葉に、レックス殿下の言葉が重なりました。

――あの男、若いメイドと逢い引きしていたぞ。

もし、それが本当なら、テオドール様の本命はそのメイドで、私は少し優しくされて勘違いしている痛い女です。

なかなか返事ができないでいると、テオドール様は私から視線をそらしました。

「……どうして逃げなかったのですか？」

「え？」

「もう少しであの男に唇を奪われるところだったのですよ!?」

「あ……」

そうでした。はたから見ればダンスが終わったあとに、レックス殿下にキスをされそうになっていたように見えたことでしょう。

「私を見つめるテオドール様は、怖いくらい真剣です。

「私が、どんな気持ちで、レックス殿下と踊るあなたを見ていたか分かりますか？」

「で、でも、王族からのダンスの誘いを断るわけには――」

強引に抱き寄せられて驚いてしまいます。こんなに余裕のないテオドール様を見るのは初めてです。

「シンシア様。お願いですから、私以外の男に微笑みかけないでください」

その声はかすれていて、とても苦しそうです。

これが全て私を利用するための演技だなんて思えません。レックス殿下の言葉に惑わされて、一瞬でもテオドール様を疑ってしまった私は、愚か者です。

全身の力が抜けた私は、テオドール様に身体を預けました。しっかりと抱き留めてもらえて、とても心地好いです。そうなってから私は、ようやくまともに話せるようになりました。

「すみません。レックス殿下が……」

「ダンス中に何か言われていましたね？　またひどいことを言われたのですか？」

コクコクと頷くと、テオドール様が私の背中をさすってくれました。こんなに優しくて誠実な人を疑うなんて、私ったら……。

「レックス殿下が、テオドール様は王都から来た若いメイドと夜遅くにコソコソ会っているって言うんです。そんなの、ウソですよね？」

口に出してみるとなんだかおかしくなって笑ってしまった私とは対照的に、私の背中を撫でていたテオドール様の手がピタッと止まりました。顔を見ると、どこか青ざめているように見えます。

「テオドール様？」

私の声でハッとなったテオドール様は、「ち、違うんです！」と必死な顔をしました。

「それは、誤解です！　あ、いや、そのっ」

ひどく動揺するテオドール様から私は一歩、身を引きました。

「シ、シンシア様！」

また私の脳内でレックス殿下の声がします。

——お前を選んでくれる男なんかいないんだよ。

そういえば、私はテオドール様に『愛しています』なんて、一度だって言われたことがないです。それなのに、どうしてテオドール様が私と同じ気持ちだなんて思えたのでしょうか？

――田舎者は本当に騙されやすい。

恥ずかしくて情けなくて、涙がにじみます。

「ご、ごめんなさい。私……か、勘違いを……」

こんなに素敵な人が、私なんかを選んでくれるはずがないのに。

いたたまれなくなり、私は逃げるようにバルコニーから去りました。背後からテオドール様の呼び止める声が聞こえましたが、怖くて立ち止まれません。

もう、どんな顔をして会えばいいのか分からないです。

ほんの少しだけ『もしかしたら、追いかけてきてくれるかも？』なんて淡い期待を抱いてしまいましたが、テオドール様が私を追いかけてくることはありませんでした。

◇◆◇◆◇

【テオドール視点】


逃げるように去っていくシンシア様を、私はすぐに追いかけようとした。

王都から来たメイドと会っているのは、事実であり事実ではない。そのメイドの正体は、王女殿下を守っていたカゲだからだ。

守りの堅いバルゴア城内に侵入できなかったため、メイドに扮して私に接触したらしい。

私が王女殿下の婚約者だったときに、カゲとは何度も会っている。

カゲは命がけで王族を守るのが仕事なので、護衛対象である王族とは話さないという掟がある。しかし、それ以外の者とは普通に話していた。

背が低く、声も高かったので、黒ずくめの中身は少年かと思っていたが、まさか女性だったとは。

このカゲとは、王女殿下がやらかした後始末で何度か協力したことがある。いわば、彼女は前の職場の同僚だ。

カゲの主は王女殿下ではなく、国王陛下でもない。カゲを統率して代々王族を守っている一族がいるが、それがどの貴族なのかは隠されている。

私が王女殿下と婚姻して王配になれば、その正体が明らかになっていただろうが、今となっては生涯知ることはないし、知りたいとも思わない。

そんなカゲが、バルゴア領まで来て私に接触してきたので、当初は警戒した。

しかし、私の部屋に来たカゲから敵意のないことを聞かされた。

「我が主の判断をお伝えします」

――テオドール様は王家に必要な人物です。できれば王都に戻っていただきたい。しかし、バルゴア領に行ったとしても、私たちはあなたとこれからも友好な関係を続けることを望んでいます。

「とのことです」

その言葉を聞いた私は、『その判断が下されたのは、私を助けたのがシンシア様で、逃げた先がバルゴア領だからだ』と気がついた。

もし、バルゴア領以外に逃げていたら、私の意思など関係なく、無理やり王都に連れ戻されていたかもしれない。

私は相手の意思を探るように「それだけを伝えに、わざわざここまで追ってきたのですか？」と尋ねた。

メイド姿のカゲは、ゆるゆると首をふる。

「いいえ、もう一つお伝えすることがあります。王女殿下にあなた様を殺すように言われました。殺すまで帰ってくるなとのことです」

その言葉を聞いても、私は何も感じなかった。今さら王女殿下に何を思われても構わない。王女殿下だけではない。シンシア様以外の誰に何を思われてもいい。

それに、あの王女殿下では、私の命を奪うことはできない。その証拠に、カゲはその命令に従っていない。そもそも、自身を守るためのカゲを暗殺に使おうとすること自体、間違っている。

カゲは「そのことが原因で、王女殿下の側付きを外されました。我が主からの指示で、これからはテオドール様をお守りするように、とのことです」と淡々と語る。

「そちらの事情は分かりました。護衛をしていただくのはありがたいですが、私への要求はなんですか？」

もしバルゴア領の情報を王都に流せということなら、手を組むことはできない。ほんのわずかでもシンシア様の害になる可能性があるのなら排除しておかなければ。

「主からの要求はありません。万が一に備えて、とのことです」

「万が一……」

それは『万が一、バルゴアが王都に攻め入って、王家が滅んでしまうことに備えて』という解釈で合っているのだろうか？

カゲやその主を完全に信じるわけではないが、ここで下手に断るよりは、うまく利用するほうがお互いのためになりそうだ。

そういうわけで手を組むことになったが、私からカゲにあるお願いをした。

「部屋には来るな、ですか？」

不思議そうなカゲに私は頷く。

「あなたは今、カゲではなく新人メイドとしてここにいます。そんなあなたが夜遅くに私の部屋を訪ねると問題があるでしょう」

もし誰かに見られて、私が新人メイドを部屋に呼び寄せている、なんてウワサでも出回ったら……。さらに、そのウワサがシンシア様のお耳に入りでもしたら……。

想像するだけで胃が痛くなる。シンシア様に軽蔑されるくらいなら、いっそのこと死んでしまいたい。

カゲが「ならば、バルゴア領で疑われないために恋人を装いますか？」とありえない提案をしてきたので、即断った。

「私はシンシア様を愛しています。今はまだ、友人としか思われていませんが、どんな手を使ってでも必ず婚約者になってみせる。その邪魔をするなら、誰であろうと許さない」

私が殺気を込めて睨みつけると、カゲはわずかに視線をそらし、ゴクリとツバを飲み込んだ。

「……差し出がましいことを言ってしまい、大変申し訳ありませんでした」

「お気になさらず。こちらの事情を知らなかったのでしょう？　そういうことなので、私の邪魔だけはしないように」

コクコクと必死に頷いてからカゲは去っていった。それからは、カゲとできるだけ直接会わないように情報交換をしていた。

カゲはとても優秀で、シンシア様が幼い頃に親しくしていた王子がレイムーアの第三王子レックス殿下だと突き止めた。それから、レックス殿下に婚約者がいることや、婚約者とうまくいっていないことなども教えてくれた。

すでに婚約者がいるのならシンシア様に害はないと思っていたが、レックス殿下が連絡もなくバルゴア領に乗り込んできたことで、事態は急変した。

カゲとの手紙でのやりとりに限界を感じて、人目を避けて深夜の庭園で会っていたところをまさかレックス殿下に見られるなんて。しかも、それをシンシア様に知られるなんて。

一生の不覚だった。動揺しすぎて、まともな言い訳すらできなかった。

早くシンシア様を追いかけて全て説明しなければ。それなのに、今、私の前にはレックス殿下の護衛騎士が立ちふさがっている。

「テオドール様、お話があります」

「今は急いでいます」

護衛騎士の横を通り過ぎるときに、「愛する人にまとわりつくゴミが、目障りではありませんか？」と言われた。

振り返ると、護衛騎士はまっすぐこちらを見ていた。その瞳の奥には、ゾッとするような暗い炎がゆらめいている。

きっとシンシア様がレックス殿下と踊っているとき、私もこういう目をしていただろう。

思わず立ち止まってしまった私の腕を護衛騎士が力強く掴んだ。

「本当なら、レックス殿下の婚約者マリア嬢は、俺と婚約する予定だったのです。それを王家が無理やり横やりを入れてきて」

護衛騎士は、ギリッと歯を噛みしめた。

「せめて、レックス殿下がマリア嬢を大切にしてくれるのなら、あきらめもつきました。だが、あのゴミは、マリア嬢を大切にするどころか、暴言を吐いて無礼な態度をとり続けています。挙句の果てに、婚約者のある身でバルゴア辺境伯のご令嬢を口説くなんて！」

「あなたは、どうして憎い男の護衛をしているのですか？」

公爵令嬢であるマリア様の婚約者になれるくらいだから、この護衛騎士もそれなりの高位貴族のはず。

視線をそらした護衛騎士は、「そうでもしないと、もう二度とマリア嬢に会えないから」と苦しそうに言う。

ああ、そうだった。婚約者でもない男女が気軽に会うことはできない。

私だってシンシア様が別の男と婚約したら、もう顔を見ることすら叶わなくなる。

「テオドール様、マリア嬢があのゴミと婚約破棄できるように、俺に手を貸してください！」

私は掴まれていた腕を振り払った。

「婚約破棄？　そんな生ぬるい対応では納得できません。二度とシンシア様の前に現れないように、ゴミは綺麗に片付けないと」

パァと表情を明るくした護衛騎士と私は固い握手を交わした。

テオドール様から逃げるように私は自室へ戻りました。

メイドたちは、皆、夜会の手伝いに行っているようで、部屋には誰もいません。

こういうときに、専属メイドがいなくて、本当に良かったです。

なぜなら、今の私は涙をにじませて泣きそうになっているから。こんな姿を誰かに見られたら、心配されてしまいます。

私はにじんだ涙を指でぬぐってから、部屋の扉に内側からカギをかけました。そして、着ていたドレスを一人で脱ぎ始めます。普段から、なんでも一人でできるように練習していて良かったです。

服飾士たちも私がそうしていることを知っているので、私が着るドレスは一人で脱げるような作りになっています。

ドレスを脱いで、髪飾りを外して、結ってもらった髪をほどいて、最後にアクセサリーを外そうとしたとき、私の手は止まりました。

テオドール様にいただいた、赤い宝石がついたネックレスとイヤリングが輝いています。また視界がにじみました。震える手でなんとかアクセサリーを外します。

そのあとは、重い身体を引きずるように、のそのそとナイトドレスに着替えて、私はベッドにもぐりこみました。

「……テオドール様、他に好きな人、いたんだ……」

ポツリと呟くと、こらえていた涙が次から次へとあふれてきて、もう止められません。

テオドール様の優しい笑みや、温かな体温、安らぐ腕の中、心地好い声。それらはどうも私だけのものではなかったようです。

私より特別な誰かを、私より大切にしているテオドール様を想像すると、心が引き裂かれたように痛くて、息ができないほど苦しいです。

私は声をひそめて泣きました。

一人でどれくらいそうしていたのか分かりません。

泣きすぎて頭がボーッとしてきた頃、私の涙はようやく止まりました。

なんだか、いろんなことがありすぎてよく分かりませんが、結局のところ、テオドール様には他に好きな人がいるのに、ちょっと優しくされた私が両想いだと勘違いして、痛い女になっていた、ということで合っているのでしょうか？

「……そういえば、テオドール様は私に恩返しがしたいって……。なんでもご命令くださいって……」

そう言ったテオドール様に私は、王都からバルゴア領に向かっている最中に「婚約者のふりをしてもらえませんか？」とお願いしました。

もしかして、テオドール様は私のそのお願いを命令だと思って、今までずっと恩返しをするために、婚約者のふりをしてくれていたのでしょうか？

そう考えると全ての辻褄が合います。あの甘い言葉の数々も、アクセサリーの贈り物も、全て婚約者のふりだったんですね。

私はあまりの恥ずかしさにベッドの上を転がりました。

「うわぁあん！　本当に私の勘違いだったぁあ！　テオドール様、バルゴア領では婚約者のふりをしなくてよかったんですよ！　私、バルゴア領についたらお友達だって、ちゃんと皆に紹介したじゃないですかぁああ！」

そう叫びながらクッションをバシバシ叩いていると、少しずつ冷静になってきました。

「あれ？　え？」

ということは、テオドール様は他に好きな女性がいるのに、無理やり私に婚約者のふりをさせられていたってことになりませんか？

それって、まるで私が２人の仲を裂く悪役令嬢じゃないですか！

「テオドール様、ごめんなさいぃぃいい」

もうどんな顔をしてテオドール様に会えばいいのか分かりません。そこに追い打ちをかけるように、レックス殿下の言葉が頭をよぎります。

――田舎者は本当に騙されやすい
またボロボロと涙が出てしまいました。

「く、悔しい！」

あんな性格の悪いクズ男に好き勝手言われて、泣かされているのが悔しくて仕方ありません。しかも、婚約者のマリア様と結婚したくないから、私と結婚してやるですって⁉　冗談じゃないです！　そんなのお断りです！

テオドール様もテオドール様です！

他に好きな人がいるなら、言ってくれればよかったのに！

――お前を選んでくれる男なんかいないんだよ。

私は、手に持っていたクッションを思いっきり投げました。物を投げたことなどなかったので、おかしな方向に飛んでいってしまいます。それでも、なんだかスッキリしました。

「もういいです！　私は誰にも選んでもらえなくても！」

これまで王都から本を取り寄せて一人で楽しく過ごしてきましたから、またそういう生活に戻るだけです。それに、選んでもらわなくても、母から仕事を教わって、しっかりした女性になって、将来は憧れのセレナお姉様のお役に立ってみせますから！

その頃には、私はすっごく良い女になっているはずです。そんな私を見て、レックス殿下もテオドール様も後悔すればいいいんです！

「よし！」

そうと決まれば、もう寝ましょう。

あいつらを見返すためには、美容にも気をつけないと。

テオドール様のことを思うと、まだジクジクと胸が痛いですが、きっと月日がたてば、この思いも忘れられますよね？

こうして、私の勘違いだらけの恥ずかしい初恋は、失恋という結果に終わりました。

【第三王子レックス視点】

バルコニーから逃げるように走り去るシンシアを見て、俺は笑ってしまった。あの感じでは、思惑通りテオドールという男ともめたようだ。

「たかが田舎の役人が、俺の女に手を出すからだ」

持っていたグラスの中身をあおる。田舎の酒だったが、今は最高の美酒を飲んだ気分だった。

婚約者のマリアは、外見は美しいが中身がいただけない。何かにつけて口うるさく、俺のことを管理しようとしてくる。そんな女とこれから先ずっといるなんてごめんだった。

だが、マリアは公爵令嬢だ。マリアほどこの俺にふさわしい身分の女はレイムーアにはいなかった。

遊ぶだけの女なら、顔や身体が良いだけでいい。だが結婚するとなれば話は別だ。美しい上に、金と権力も同時に持っていなければ俺にふさわしくない。そう思ったとき、幼い頃に出会った少女を思い出した。

俺や兄たちは「上に立つ者は、広い視野を持たなければならない」という父の考えから、安全な友好国の視察に無理やり行かされていた。

そのときに出会った大人しい少女。確か、あれはバルゴア辺境伯の娘、シンシアだ。顔は覚えていなかったが、子どもの頃の俺が見た瞬間に妻にしてもいいと思えるくらい可愛かったはず。それに物静かで従順。別れ際に頬にキスをしたら、よほど嬉しかったのか、それとも俺と別れるのが寂しかったのか分からないが、涙を流していた。

ド田舎だが広大な土地と強い軍隊を持つバルゴア領は、他国から恐れられている。しかし、友好国である我が国にとっては、バルゴア領の強さなんて関係ない。

むしろ、俺とシンシアが結婚すれば、より強い繋がりができるので両国のためになる。

急ぎ配下の者にシンシアのことを調べさせたら、まだ婚約者はいないという報告が入った。

もしかすると、俺が迎えに行くのを夢見て待っているのかもしれない。バカバカしいと思うが、利口ぶっているマリアを見て、女は多少バカなほうが可愛げがあると分かった。

だが問題は、成長したシンシアの顔が分からないことだ。輝く金髪にアメジストのような紫色の瞳だったことは覚えている。

子どもの頃は可愛くても、成長と共に目鼻立ちが崩れていくことだってある。もし、シンシアが耐えられないほど醜悪（しゅうあく）な外見になっていたら……。

そう考えた俺は、シンシアに連絡をとる前に顔を見てやろうと思った。

都合の良いことに、もうすぐバルゴアで交流会が開かれる。それに同行して、数年ぶりにシンシアを見た結果。

美しく波打つ金髪、陶磁器のように滑らかな白肌、バラの蕾のような唇。どれをとっても最高級品だった。これだったら側に置いておくだけでも見栄えが良い。

澄んだ瞳を瞬かせながら、不思議そうに首をかしげる姿を見ると、庇護欲と支配欲が同時に刺激された。

しかも、口うるさくない。偉そうな態度も見せない。

田舎暮らしのせいか、少しも擦れていないのがさらに良い。いろいろ教えがいがある。

俺がいない間に別の男に騙されていたが、それもまたバカで愛らしい。

ようするに、シンシアは完璧だった。

優しい俺が騙されていることを教えてあげたので、今ごろ一人で泣いているだろう。傷心の女ほど簡単に落とせるものはない。

優しく慰めながら、酒に酔わせて既成事実を作る。ああいう大人しいタイプは、多少無理やりでも問題ない。

嫌がって暴れるようなら脅せばいい。どうせそのうち他の女たちのように俺を愛して、俺がいないと生きていけないとか言いながら縋ってくるに決まっている。

ふとバルコニーを見ると、俺の護衛騎士がテオドールをシンシアの元へ行かせないように足止めしていた。

愚鈍（ぐどん）な奴だと思っていたが、あいつもたまには役に立つじゃないか。

そのまましばらく酒を飲んでいたが、シンシアが抜けた夜会には、もうなんの用もない。

俺は酒を運んでいる給仕からボトルを1本奪うと、シンシアの部屋へと歩き出した。

だが、部屋に着く前に、またバルゴアの騎士に邪魔をされるかもしれない。そう思って、実は先に手を打っておいた。

深窓の令嬢を落とすには、まず使用人を籠絡（ろうらく）する必要がある。そうすれば、仕えている主の元へすんなりと案内してくれる。

シンシアの場合は、もっと簡単だった。なぜならテオドールがメイドに手を出しているからだ。

メイドがテオドールに何を言われているかは知らないが、出世のためとはいえ、自分の愛する男がシンシアに尻尾を振っているのは面白くないはず。

予想は的中で、テオドールが手を出しているメイドに声をかけたら、あっさりと協力を申し出た。よほどシンシアが邪魔なようだ。

夜会会場から抜け出すと、そのメイドが俺の側に寄ってきた。メイドは声をひそめて「私のお仕えしている高貴な方が庭園で殿下をお待ちです」と耳打ちする。

バルゴア領のメイドが高貴な方と呼ぶ相手なんて限られている。名前は出さないが、シンシアからの伝言だと分かった。

こちらから会いに行こうと思っていたのに、向こうから誘ってくれるとは。もう笑いが止まらない。

この世の全てが俺の味方のようだ。

俺はメイドと別れて庭園に向かった。

酒で熱くなっていた身体が夜風に冷やされて心地よい。今宵（こよい）は最高の夜になりそうだ。

庭園の野外休憩所（ガゼボ）に人影が見えたので、シンシアかと思い近づいていくと、そこにいたのは、田舎役人のテオドールだった。

「なぜ、ここにお前が……？」

テオドールは刺すように俺を睨みつけている。月明かりに照らされた赤い瞳が不気味だ。

「レックス殿下、どちらに行かれるのですか？」

「お前には関係ない」

吐き捨てるように言うと、俺はテオドールに背を向けた。盛り上がっていた気分が台無しだ。

目の前に俺の護衛騎士が立っていた。俺の行く道をふさぐなんて、一体何を考えているんだ？

「どけ！」

そう言っても、護衛騎士は動く気配すらない。

「俺のあとをついて回るだけの無能が！」

それでも護衛騎士は動かない。

「レックス殿下」

背後からかけられたテオドールの声は、ゾッとするほど冷たい。

「あなたが今まで犯してきた罪を、私は知っています」

「罪？　俺は罪など犯していない！」

その言葉にテオドールは驚いたようで、目を見開いている。

「私の調べでは、視察に使うためのお金で私的に豪遊したり、王族という立場を利用して女性に関係を強要したりと、今まで国内外で好き勝手されてきましたね？　証拠もあります。あなたは、れっきとした犯罪者です」

「その程度のこと――」

バカバカしくて話にならない。テオドールはため息をついた。

「王族が皆、青い髪で生まれるレイムーアでは、王族信仰が強いですからね。自国では多少目をつぶってもらっているのかもしれませんが……それでもレイムーアの役人たちは、あなたのやらかしたことの後始末に、辟易(へきえき)しているでしょうね」

俺を見下すような、淡々とした物言いに腹が立つ。

「王族への不敬罪だ！　そいつを取り押さえろ！」

命令するが、護衛騎士はピクリとも動かない。

「おい、何をしている！」

護衛騎士を殴ろうとすると、その腕を掴まれた。持っていたボトルが地面に落ちて割れる。

「い、痛いだろうが！　離せ！」

そのときになって、護衛騎士の目に憎悪に近い感情が浮かんでいることに気がついた。

「全く……我が国の第一王子殿下と第二王子殿下は、勤勉で優秀なのに、あなただけなぜこうも愚かなのか……」

一瞬、何を言われたのか理解できなかったが、侮辱されたのだと気がつき頭に血が上る。

「貴様！　誰にものを言っているのか分かっているのか⁉」

無言の護衛騎士に手で口を覆われた。その指には力が込められていて、頬やあごに食い込んでくる。

「お前こそ分かっているのか？　ここは他国で、お前のやらかしの後始末をしてくれる役人たちはいない。そしてお前は、俺以外の護衛騎士を国に置いてきている。まぁ、そうなるように仕向けたのは俺だがな」

何が目的だと言いたいが、口をふさがれて言葉を発することができない。

「俺はお前のことが憎い。だが、レイムーアではお前を裁けない。だから俺は恥を忍んで、自国以外の者に助けを求めた」

視界の端にいるテオドールが、胸元からナイフを出した。

青白い刃の光に一瞬たじろいだが、どんな理由があっても王族を傷つけたら死罪だ。そんなことをすれば、長く続いた友好国の関係が一瞬で崩れてしまう。

刺せるものなら刺してみろ！

そう思っていると、テオドールはなんのためらいもなくナイフを持った腕を振り上げ、そのまま下ろした。

逃げようにも、護衛騎士に顔と腕を掴まれていて逃げられない。

声にならない悲鳴を上げると、ナイフは俺の目前でピタリと止まった。ナイフの刃は触れそうで触れないギリギリのところにある。

「レックス殿下の横領はさておき、女性に対するあなたの罪は確かに罰するのが難しいですね。喜んであなたと遊んだ女性もいるでしょうし、誰にも言えず泣き寝入りをしている女性もいることでしょうから」

この状況で顔色一つ変えず、淡々と語るテオドールが恐ろしくなってきた。まさか、本当に俺を刺す気なのか？

「子どもの頃のシンシア様も、あなたに心を深く傷つけられたそうです。そして、今も……」

赤い瞳が捕食者のように俺を捕えている。向けられた刃が、いつ自分に食い込むか分からない状況で身体がカタカタと震えた。

その様子を見たテオドールがフッと鼻で笑う。

「刺しませんよ。だって、殺したら罪も償わずに楽になってしまうでしょう？　たとえ、お優しいシンシア様が許したとしても、私はあなたを許すつもりはありませんから」

テオドールは、ナイフを俺から離すと、自分の脇腹あたりを薄く切り裂いた。驚く俺をよそに、護衛騎士が「俺の腕あたりも切っておいてください」と伝えている。

「こんなものでしょうか？」

「良い感じですね」

「では、これでいきましょう。……カゲ」

テオドールがそう言うと、どこからともなくフッとメイドが現れた。

「お呼びでしょうか？」

そう言ったメイドは、俺にシンシアからの伝言をささやいた女だった。ようするに、テオドールの女だ。何が起きているのか全く分からない。

テオドールは「打ち合わせ通りにいきましょう」とメイドに言う。そして、俺を振り返った。

「あなたが幼いシンシア様に対して行ったようなウソと脅迫を、今から私たちがしてあげますよ。レックス殿下は、シンシア様のメイドに突き飛ばされたと証言し、無実のメイドをひどく叩いたそうですね？　まずは、そういうウソから」

その言葉を合図にメイドが悲鳴を上げる。それを聞きつけたのか、夜会会場からぞろぞろと人がやってきた。そこには、バルゴアの騎士たちに交じり、レイムーアの一団もいる。

良かった、助かった！

そう思っても、いまだ護衛騎士に口をふさがれているので何も話せない。なんとか護衛騎士の拘束を解こうと暴れるがビクともしなかった。

だが、この現場が見つかれば、テオドールと護衛騎士を不敬罪で罰することができる。

「何があったんですか!?」

バルゴアの騎士が駆け寄ると、テオドールは腹部を抑えてうずくまっていた。そして、苦しそうに息をする。

「レックス殿下がお酒を飲みすぎたのか暴れていて……止めようとしたところ、刺されました」

すかさずメイドが、「本当です！　私が通りかかったとき、暴れているレックス殿下をテオドール様とそこの騎士様が取り押さえようとしていました」とウソをつく。

その言葉を聞いたレイムーアの一団が、一斉に頭を抱えた。

バカな、俺はそんなことしていない！　見たら分かるだろうが！

外交官の代表が「責任者として、いかなる罰もお受けします」と地面に両膝をつく。

愚かな代表は、テオドールの「幸い傷は浅いです。両国の友好関係に影響がないように取り計らいましょう」という言葉に感謝し、涙すら浮かべている。

茶番だ！　こんなバカなことがまかり通ってたまるか！

なんとか拘束を解こうと暴れると、護衛騎士だけではなく、バルゴアの騎士たちにも取り押さえられた。押しつぶされるように体重をかけられて息ができない。

そのまま気を失ったようで、気がつけば俺は牢にいた。

王族を牢に入れるなどありえない。それだけではない。手枷をされて猿轡までされている。

何か話そうとしても呻き声しか出ず、声にならない。

しばらくすると、テオドールが現れた。俺はテオドールに掴みかかりたかったが、牢で隔たれていてそれもできない。俺がぶつかるとガシャンと鉄格子が揺れた。

その様子を、眉ひとつ動かさないでテオドールが見ている。

「どうですか？　シンシア様が味わった恐怖や苦しみ、少しは味わっていますか？　本当ならもっといろいろ仕掛けようと計画していたのですが、あなたの人望がなさすぎてこんなにも簡単に捕えることができてしまいました。正直、拍子抜けしています」

その声は、どこまでも冷静だ。

「ウソは終わりました。ここからは脅迫になります。子どもの頃のシンシア様に『メイドを殺す』と言って脅したそうですね？」

そんな昔のこと、いちいち覚えているか！

俺が睨みつけると、テオドールは「牢に入れられても、反省はできなかったようですね」と言いながら少し考えるようなしぐさをした。

「レックス殿下は……なくても生きていける臓器があるのはご存じですか？」

臓器？　コイツ、突然何を言いだすんだ？

「2つある臓器は、片方がなくなっても生きていけるらしいですよ。人間は案外丈夫です。とある国では、悪くなった臓器を他人の健康な臓器と入れ替える、なんていう儀式も行われているそうですよ」

あくまで淡々と話すテオドールの顔からは、なんの感情も読み取れない。

「ちなみに、その国で、臓器はいくらで売れると思いますか？」

言葉の意味を理解したと同時に血の気が引いていく。

そんな俺を見て「良かった。ようやく脅しが効いたようですね」とテオドールは言う。

「これで、少しはシンシア様の苦しさが分かったでしょうが、これで終わりではありません。二度とシンシア様の前に現れないようにしなければ。そういうわけで、私への傷害罪であなたを訴えました。これ自体は、特に重い罰にはならないでしょう。……でも、私の予想では、このことをきっかけに面白いことが起きると思いますよ」

俺に向けられた冷酷な赤い瞳に背筋が寒くなる。

ここにきて俺は、自分が決して敵に回してはいけない人物を敵に回してしまったのだと、ようやく気がついた。

【元王女殿下の元護衛カゲ視点】

牢屋に捕えられたレックスをテオドール様が睨みつけている。その淡々とした声は、後方で姿を隠して控えている私にも聞こえてきた。

一見、落ち着いているように見えるが、抑え込んでいる感情は怒りというには生ぬるく、もはや殺意を含んでいる。

それは王女殿下にお仕えしているときには、見たことがない姿だった。

王都にいる頃のテオドール様は、常に仕事の効率を重視していた。王家の利益になることを最優先にして、ときには冷酷だと思えるような判断を顔色ひとつ変えずに下すこともあった。

でも、それは王家の役人としては正しい姿で、テオドール様が優秀であるからこそできることだ。

だから、バルゴア領の役人になったテオドール様は、私が一番初めに提案した『バルゴア領で疑われないために恋人を装いますか？』という誘いを迷わず受けるだろうと思っていた。

もちろん、テオドール様に対して異性としての好意などない。ではなぜそのような提案をしたかというと、それがバルゴア領でお互いが協力して活動するために一番安全で効率がよかったからだ。

しかし、テオドール様から返ってきたのは、同意ではなく身がすくむような殺気だった。

「私はシンシア様を愛しています。今はまだ友人としか思われていませんが、どんな手を使ってでも必ず婚約者になってみせる。その邪魔をするなら、誰であろうと許さない」

その言葉を聞いたとき、私は自分の思い違いに気がついた。

それまでは、王家の役人だったテオドール様がバルゴア領の役人になったのだと思っていた。だから、これからのテオドール様はバルゴア領の利益になることを最優先にするはずだと。しかし、そうではなかった。

国王陛下が次期王配だと認めるほどの能力を持ったテオドール様。そんな人が、今はたった一人の女性に振り向いてもらうために、その力の全てを注いでいるのだ。

これほど危険なことはない。もし、シンシア様が望めばテオドール様はどんなことでも叶えてしまうだろう。たとえ、それが犯罪と呼ばれることだったとしても。

幸いなことにシンシア様は王女殿下とは違い、とても聡明かつ控えめな方だった。だからこそ、テオドール様は惹かれたのかもしれない。今のところテオドール様の重すぎる愛も、シンシア様は引くことなく受け止めてくださっている。

私もシンシア様のような方がお守りするべき王族だったらよかったのに、と思ってしまった。

テオドール様のことをさらに危険だと感じたのは、シンシア様が幼い頃に親しかった隣国の王子を調べたときのこと。

探し人はレイムーアの第三王子レックスだったことを紙に書いてテオドール様に報告した。

私たちが連絡を取っていることを他の人に知られるわけにはいかない。報告後に隠れてテオドール様の様子をうかがっていると、報告書を読んだテオドール様の瞳がどんどん冷たくなっていく。

「……この男は、今後シンシア様の害になるかもしれない。念のため始末しておくか」

恐ろしい呟きを聞いた私は我が耳を疑った。

『いや、その男は他国の王子です。念のためなどというあやふやな理由で始末しようとしないでください』と言いたかったが、言えない。私は本来の主から、テオドール様の指示には全て従うようにと言われている。

仕方がないのでさらに調査して、後日、レックスは現在レイムーアの公爵令嬢と婚約していて近々結婚することを伝えた。それで現在のレックスはシンシア様に害がないと納得してくれたようだ。

「ふぅ」

私は息を吐いた。テオドール様の護衛は、以前の護衛対象の王女殿下とはまた違った緊張感がある。

今のテオドール様の行動理由はシンシア様で、彼女のためだけに生きているように見えた。この人からシンシア様を取り上げたら、何をするか分からない。

だからこそ、シンシア様が素晴らしい方でよかった。シンシア様がいる限り、彼女に嫌われるようなことをテオドール様はしないだろう。

そう思っていたのも束(つか)の間。

テオドール様と私が逢い引きしているとシンシア様に誤解されてしまった。テオドール様に報告しているところをレックスに見られてしまったらしい。

いつもはなんでも淡々とこなしているテオドール様が、動揺しすぎてシンシア様にまともな説明すらできなかった姿を見て私は心底驚いた。

頭では理解していたが、このときになってようやく、テオドール様は本当にシンシア様に愛してもらうために必死なのだと分かった。

傷つき涙を浮かべるシンシア様を私では呼び止めることはできない。

もし、このまま二人がすれ違ってしまい結ばれなかったら？

護衛対象であるテオドール様は、生きていけるのだろうか？

生きていたとしても、シンシア様という善意の鎖が外れたテオドール様が野に放たれてしまうことになる。

シンシア様のために他国の王子を始末しようとするのだから、彼女を手に入れるために一国くらい潰してしまいそうで怖い。そして、彼が本気になればそれができてしまいそうなことにさらに恐怖を感じる。

そのきっかけを作ったのが私ということになってしまう。このままでは、孤児だった私を拾って育ててくれた本当の主に恩を仇で返すことになる。なんとかしなければと思いつつも勝手な行動はできない。

その後は結果としてテオドール様の指示に従い、レックスを捕えることができた。牢に捕えられたレックスとテオドール様の会話を聞いた私は震えがとまらない。

テオドール様は、敵と判断した者を、的確に追い詰めて死ぬよりつらい目に遭わせる方法を知っている。そして、それを少しもためらうことなく実行できてしまう。

もし、このままテオドール様がシンシア様と仲直りできなかったら、私も敵だと判断されてしまうだろう。

私だけではない。私がお仕えする主もテオドール様の敵認定されてしまう可能性が高い。

サァッと血の気が引いていくのが分かった。この絶望的な状況を救えるのはただ一人。私は静かに牢屋を離れると、助けを求めるべくシンシア様の元に駆けだした。

【テオドール視点】

臓器売買などという大罪を、バルゴアの役人である私がするわけがない。もしそんなことをしたらシンシア様はどのような顔をするか……。想像するだけで胃が痛くなる。

それでもレックスは信じたようで、先ほどまで牢の中で暴れていたのに、今は青ざめ大人しくなっている。

自分の置かれている立場がようやく理解できたようだ。ここまでされないと分からないということに改めて驚いてしまう。

牢の中のレックスを見ていると、私はふと王女殿下のことを思い出した。

王女殿下もレックスと同じように傍若無人（ぼうじゃくぶじん）で、ひどいことをしても誰も罰することができなかった。それどころか、王家の役人たちに後始末をしてもらい、なかったことにすらなっていた。その仕事をしていたのが自分だ。

でも、今になって分かった。いくら後始末をしようが、もみ消そうが、された側の恨みまでは消えないのだ、ということが。

私は牢の中のレックスに声をかけた。

「あなたは今、なぜ自分が牢に囚（とら）われているのか分かっていないのでしょうね。その手枷や猿轡をはめるように要求したのは、レイムーアの一団です。あなたに『お願いだから、これ以上何もしてくれるな』との伝言を預かっています」

レックスの目が大きく見開かれた。裏切られたとでも思っているのかもしれない。自分が他人からどういう風に見られているのかが分かっていないところも、王女殿下にそっくりだ。

「王女殿下やあなたを見ていると、この世には悪運の強い者がいるのだと思い知らされますね」

どれほど非道なことをしていても、なぜか罪に問われない人たちがいる。それは権力者だからとか、自分より弱い者を虐げているからだとか、理由はさまざまだ。

「でも、不思議なことに、ある日ふと、悪運が尽きることがあります」

昨晩のレックスは、これまでのよう気に入った女性を思い通りにしようとしただけ。これまでは誰にも咎められず、全て許されてきた。だから今回も問題など起こるはずがなかった。それなのに、なぜか牢に入れられている。

レックスの立場からすれば、わけが分からないだろうと思う。

どうして悪運が尽きたのか？

理由は分からないが、レックスの場合は、恨みを買いすぎていた。それでもレイムーアの王族だからとギリギリのところで見逃してもらえていたのに、他国で問題を起こしたため、溜まりに溜まった周囲の怒りが爆発した、というところだろう。

私たちのウソによってはめられたレックスだが、誰一人、彼を擁護する者はいなかった。

そんな中、私はバルゴア辺境伯の許可を得て、私個人でレックスを傷害罪で訴えた。もし、この件でバルゴア辺境伯が動いたら大問題になり両国の友好関係にヒビが入ってしまう。しかし、バルゴア領の役人である私が他国の王族を訴えたところで何も変わらない。

例えるなら、第三王子レックスを守っている壁に、私が釘を1本打っただけのこと。

本来なら守りの壁が壊れることはない。

だが、そのことをきっかけに、レイムーアの一団は、これまでのレックスのやらかしを王家に糾弾し、排斥を求めると言いだした。

私が釘を打った守りの壁の向こう側は、溜まりにたまった恨みつらみの水で、今にもあふれんばかりになっていたようだ。だから、1本の釘で壁にヒビが入り、そのヒビから中の水が漏れだした。

こうなるとレックスのこれまでの被害者たちは、「ならば自分も」「今なら言える、訴えられる」と思うはず。

私の予想が当たれば、これから国内外で、レックスが犯してきた多くの罪が暴かれて訴えられることになる。そうなればレイムーア王家は、跡継ぎでもないレックスをどうするか。

まぁ、シンシア様の前に二度と現れることがないのなら、もう興味はないが。

王女殿下の悪運も、レックスと同じようにいつか尽きるかもしれない。それすら、やはりどうでもいい。

私は牢屋内で青くなっているレックスに背を向けた。

昨晩のうちに、私から辺境伯に、レックスがシンシア様に害を加えようと企んでいたことを報告した。それを未然に阻止したことで、辺境伯にはとても感謝された。

卑怯（ひきょう）だと思ったが、その場で自分がシンシア様に想いを寄せていることを伝え、婚約者になりたいと話した。

辺境伯は「シンシアが良いならば」とだけ答えた。その場にいた辺境伯夫人は、まるで微笑ましいものを見るかのようにニコニコと笑っていた。

以前から、シンシア様の兄であるリオ様には、仕事面で感謝されている。リオ様の妻セレナ様は、私のシンシア様への思いを知っていて、秘かに応援してくれている。

外堀は埋めた。

あとはシンシア様が「はい」と言ってくれさえすれば、私たちの婚約は成立する。

でも、それがとても難しいことのように感じてしまう。

シンシア様は、メイドのふりをしているカゲと私が男女の関係であると誤解している。

「一体どうすれば……」

レックスをはめるための計画は簡単に思いついたのに、シンシア様に好かれるための計画は何も思いつかない。シンシア様のことを思うだけで、動悸が激しくなり、頭が真っ白になってしまう。

シンシア様の部屋に向かわなければならないのに、私の足は止まった。

この先に進むのが怖い。でも、怖くても苦しくても、卑怯なことをしてでも、シンシア様と一緒にいたい。

だったら、もう正直に私の想いを伝えるしかない。この場から逃げ出したい気持ちを必死にこらえて、私は一歩足を踏み出した。

周囲をよく見ていなかったせいで、廊下の曲がり角で人とぶつかってしまった。

慌ててぶつかった人を支えると、金色の髪がふわりと広がり、甘く優しい香りが周囲に漂う。大きく見開かれた美しい紫色の瞳が、私を見上げていた。

「テオドール様！」

「……シンシア様」

私の瞳にシンシア様が映った。ただそれだけで、それまで感じていた恐怖も苦しさも不安すら全て消え去り、私は強烈な幸福感に包まれた。

6章　田舎者にはよく分かりません

初めての苦い失恋を味わった翌日。

私が目覚めると、なんだかバルゴア城全体がざわついていました。

何かあったのでしょうか？

私の髪をブラシで解いてくれているメイドは、困った顔をしています。

「よく分からないのですが、今朝になって、事前連絡もなく、レイムーアの騎士を名乗る者たちが数名訪ねてきたようで……」

「レイムーアの騎士が？」

レイムーアの騎士といえば、幼い頃に会ったレックス殿下の護衛騎士を思い出してしまいます。

あの人たちは、本当に感じが悪かったです。

「お父様は？」

「それが、昨夜遅くに、王家からの使者の一団がバルゴア領内に入ったそうなのです。その対応のために近隣の村に出向かれていて……」

王家から来た使者の目的は、もしかしてテオドール様を王都に連れ戻すことでしょうか？　そんなの絶対にダメです！　お父様もそう思っているのか、王家の使者を城内に入れる気はないようです。

「お父様は不在なのね。お母様は？」

「レイムーアの騎士たちが本物か、交流会で来ているレイムーアの一団に確認がとれるまで、別室で待たせるように、と」

私はホッと胸を撫でおろしました。

お父様がいなくても、お母様がいてくれたら安心です。

こういうときにお兄様がいてくれたら心強いのですが、いないものは仕方ありません。

私の髪を解き終わったメイドに「今日はどういう髪型にされますか？」と聞かれたので、私はそのままでと伝えました。

今は急いでお母様に会いにいかなくては。

今までこういうことが起こったら、皆の邪魔をしないように私は部屋に籠っていました。

でも、レイムーアの交流会の準備を手伝ったときに、こんな私でもできることがあると分かったのです。

だから、今回も何かできることがあるかもしれません。

自室から出てお母様の部屋へと向かう途中で、怒鳴り声が聞こえました。

「いつまで待たせる気だ！」

声のほうに行くと、レイムーアの騎士3人がバルゴア領のメイドたちを怒鳴りつけています。

子どもの頃の記憶がよみがえり、私の心臓がドクンと嫌な音を立てました。

怒鳴られてもメイドたちはあくまで礼儀正しく対応しています。

「先に到着しているレイムーアの方が来られるまで、この部屋でお待ちください」

騎士の一人がガンッと壁を蹴りました。

「俺たちは第三王子レックス殿下の護衛騎士だ！　殿下をお迎えに上がった。さっさと殿下の元へ案内しろ」

対応しているメイドの肩が震えています。それでも彼女たちは逃げません。

私は大きく深呼吸をすると、メイドたちの横を通り過ぎて騎士たちの前に進み出ました。

その際に、一番若いメイドの耳元で、バルゴアの騎士を呼ぶように伝えます。青い顔をしたメイドはコクリと頷くと、静かにその場から離れました。

私はもう二度と、子どもの頃のような思いをしたくありません。私だって、誰かを守れるようなしっかりした大人になりたい。

私は、震える手を握りしめました。

背筋を伸ばして、頭の中でお母様をイメージします。

「お話なら私がうかがいます」

声は少し震えてしまいましたが、ちゃんと言えました。

メイドたちは「シンシア様！」と言いながら、私を庇（かば）うように背後に隠します。

護衛騎士の一人が「あなたは？」と不機嫌そうに尋ねてきました。

「私はバルゴア辺境伯の娘、シンシアです」

それを聞いた護衛騎士たちは、居住まいを正します。

「辺境伯のご令嬢でしたか」

「メイドたちに何か問題がありましたか？」

護衛騎士たちは私の質問を鼻で笑いました。

「俺たちは、第三王子殿下の護衛騎士です。それなのに、こんな場所で長時間待たされて困っているのですよ。今も、そこのメイドたちに、いつまでここで待てばいいのかと聞いていたのに、まともな返事が返ってこない」

私はその言葉にムッとしました。

「聞いていた？　レイムーアでは、人にものを尋ねるとき、壁を蹴るのですか？」

護衛騎士たちの顔に苛立（いらだ）ちが浮かびます。

「無礼をしているのは、そちらのメイドです」

「メイドたちは、私のお母様の指示に従っているだけです。今の言葉をあなたたちは、バルゴア辺境伯夫人にも言うことができますか？」

「うっ」と護衛騎士たちがたじろぎました。

メイドには高圧的な態度をとるくせに、なんなんでしょうね、この人たちは。

さすが、レックス殿下の護衛騎士というべきでしょうか。態度も偉そうですし、人の気持ちが少しも分からないようです。

護衛騎士の一人が「レイムーアとの友好関係にヒビを入れるおつもりですか？」と聞いてきました。それはこっちのセリフです。

どうして、こんなにバカにした態度をとるのでしょうか？　そう思っていると、小声で護衛騎士の一人が「田舎者の分際で」と吐き捨てるように言いました。

ああ、なるほど。レックス殿下と同じように、この人たちもバルゴア領を田舎だとバカにしているんですね。

なら、私がテオドール様に教えてもらったことを、ぜひ教えてあげなくては。

「バルゴア領は人がおおらかで土地が豊かなんです。王都のような華やかさはないけど、軍事都市として栄えています。軍事都市、この意味が分かりますか？」

私もテオドール様に教えてもらったあとに辞書で調べたのですが、軍事都市とは、軍事施設を集めた都市のことです。

それに王都に住んでいる叔母様も、こう言っていました。

「バルゴアは、この国の軍事の要で、国王陛下にも一目置かれています」

さらに、私のお兄様は毎日のように兵の鍛錬をしています。

「バルゴア領は、平和を望んでいますが、いつでも戦えるんですよ？」

私は、お母様を真似てニッコリと微笑みました。

「……我らを脅す気ですか？　そんなことをしてどうなるとお思いで？」

怒りを含んだ低い声でしたが、私はもう怖いとは思いませんでした。なぜなら、この人たちは、メイドには暴力を振るえても、バルゴア辺境伯の娘である私には、決して手を上げられないからです。

だから、私が対応している限り、護衛騎士たちはメイドたちに危害を加えることができません。なるほど、権力とはこういう風に使うものなのですね。

「どうなる、ですか？」

私は頬に手を当てながら、お母様のようにとぼけました。

「さぁ？　田舎者にはよく分かりません」

先ほど私に田舎者と言った護衛騎士に私は微笑みかけました。護衛騎士は、気まずそうに視線をそらします。

バルゴアの騎士たちがこちらに駆けてきました。それを見た護衛騎士たちはしぶしぶ部屋に戻っていきます。

メイドたちは涙を浮かべていました。

「シンシア様！　なんて危険なことを！」

どんなに怒られても、私は気にしません。だって、こんな私でも誰かを守れたのですから。

「皆、ケガはない？」

私の問いかけに元気な返事が返ってきます。

「シンシア様！　ありがとうございました！」

駆けつけたバルゴアの騎士たちに、私は、この場にとどまり、レイムーアの騎士たちを監視するようにお願いしました。

ふぅとため息をつくと、一気に緊張がとけ、足元がふらつきます。そんな私をメイドの一人が支えてくれました。

「あれ？　あなたは？」

見覚えのないメイドでした。新人さんでしょうか？

「ジーナと申します。王都から来たメイドです」

そう名乗ったジーナさんは、小柄で色白の美人です。もしかして、レックス殿下が言っていた、王都から来てテオドール様と逢い引きしていたメイドって……。

ジーナさんが私の耳元でささやきました。

「シンシア様、今すぐテオドール様に会いに行ってあげてください！」

「え？」

今まで愛し合う二人の邪魔をしていた私が、一体どんな顔でテオドール様に会えばいいのか分かりません。

「ム、ムリです」

ジーナさんの顔はなぜか青ざめています。

「どうしてですか⁉」

「だって、私が会いに行く理由がありませんから……」

「理由？　理由があればテオドール様に会ってくださるのですか⁉」

「それは、まぁ」

どうしてジーナさんは、こんなにも必死なのでしょうか？　もしかしてテオドール様に何かあったとか？

私の予想は当たっていたようで、ジーナさんは静かに話し出しました。

「実は昨晩、テオドール様がレックス殿下に刺されました。口止めをされておりましたが、シンシア様にはお伝えしたほうが良いと判断いたしました」

「……え？」

ジーナさんはとても深刻な顔をしています。

「傷が深くとても危険な状態です。ぜひ、今すぐに！　ぜひとも会いに行ってあげてください！」

「で、でも……私じゃなくてあなたのほうが……」

「とんでもないです！」

メイドは、ブンブンと、音がしそうなくらい、ジーナさんは首を振っています。

「テオドール様は非常に優秀な方なので、お仕えするにはいいですが、それ以外で、あんな恐ろしい方の相手など、私にはとてもじゃないけどできません！」

あれ？　ジーナさんはテオドール様のことが好きではないのでしょうか？

これって、テオドール様の片思いなのでは？

「シンシア様、お願いですから、テオドール様に会いに行ってあげてください。お願いです、お願いします。今後、シンシア様のご命令はなんでも聞きますから！」

そ、そんなに泣かなくても……。

それにしても、恐ろしい方って誰のことでしょうか？　よく分かりませんが、とにかく私がテオドール様に会いに行ってもいいみたいです。

「じゃ、じゃあ、テオドール様のことが心配ですし、行ってきますね？」

「ありがとうございます！　このご恩は一生忘れません！」

いいのかなぁ、と思いながらも、私はジーナさんと別れて、その場をあとにしました。

歩きながらジーナさんの言葉を頭の中で思い返します。

「……え？　テオドール様が刺された？　しかも、傷が深くてとても危険な状態だって……ウソ……」

心臓が早鐘を打っています。とにかくテオドール様に会って、安否を確かめないと！

私は、そのことで頭がいっぱいになり、走り出しました。

テオドール様に会いたくても、今、どこにいるのか分かりません。自室にいるのか、それとも医療施設にいるのか。とにかく誰かに聞かないと！

私は一度、自室に戻ることにしました。私の部屋なら近くにメイドが控えている可能性が高いです。

慌てていた私は、廊下の曲がり角で人にぶつかってしまいました。

驚き見上げると、ぶつかった人は、まさかのテオドール様です。

「テオドール様！」

「……シンシア様」

テオドール様は赤い瞳を大きく見開き、私を見つめています。

「ケガは⁉　昨晩、刺されたと聞きました！」

私はテオドール様の身体をペタペタと触ります。

「どこを刺されたのですか⁉　歩いて大丈夫なのですか？」

必死になって尋ねると、テオドール様は片手で顔を覆いそらしてしまいました。

「あっ」

そうでした。テオドール様には他に好きな女性がいるのでした。お相手のジーナさんの反応を見る限り、テオドール様の片思いの可能性も出てきましたが……。それでも、私に心配されたら迷惑ですよね。

「ご、ごめんなさい」

私はテオドール様から距離をとりました。顔をそらしたテオドール様からは、小さな声が返ってきます。

「――じゃない、です」

「え？」

聞き返すと、今度は「大丈夫じゃないです」とはっきり聞こえます。

「あなたに誤解されて、このまま距離をとられるくらいなら、私は死んでしまいたい……」

そらされていた顔が私に向けられて、赤い瞳がまっすぐ私を見つめています。テオドール様の表情はとても苦しそうです。

「私が夜中に会っていたメイドは王女殿下の元護衛です。王女殿下に私を殺すように命じられて――」

「はぁ⁉」

予想外の言葉に、私はテオドール様の話をさえぎってしまいました。

「そ、それで、その元護衛に刺されたのですか⁉」

「いえ、それとこれとは別件です」

もう何がなんだか分かりません。でも、廊下で話すような内容ではないことだけは理解しました。

「テオドール様、とにかく私の部屋へ。一人で歩けますか？」

「歩ける……いえ、歩けません」

「じゃあ、誰か呼んで――」

「そこまでではないので、手を。シンシア様の手を貸してください」

「分かりました」

私はテオドール様の手を握りました。テオドール様の頬が赤く染まります。やっぱり具合が悪いんですね。

「とにかく私の部屋へ」

テオドール様を部屋に招き入れると、メイドには出ていってもらい、ソファーに座ってもらいました。

繋いでいた手を離そうとしても、しっかりと握られていて離せません。私は、戸惑いながらテオドール様の隣に座ります。

「お話の続きを聞かせていただけますか？」

「はい」

テオドール様の話によれば、王女殿下の元護衛はカゲというらしいです。カゲは、王女殿下にテオドール様の暗殺を命じられたけど、それには従わず、今はバルゴア領でメイドのジーナを名乗りながらテオドール様の護衛をしているとのこと。

それを聞いた私はホッと胸を撫でおろしました。

「では、テオドール様は命を狙われてはいないんですね？」

「はい。でも、それよりも重要なのは、私とカゲはただの元同僚で、それ以上の関係も感情も一切ない、ということです！」

そう言うテオドール様の顔は、真剣そのものです。

いつのまにか繋いでいた手は、テオドール様の両手に包まれています。

「あなたに助けてもらったあの瞬間から、あなたに魅かれていきました。人を好きになるということがどういうことなのか分からないまま、気持ちだけがどんどん大きくなっていき、気がつけば何をしてでもあなたの側にいたい、と願うようになっていたのです」

「それって……」

「愛しています。私が愛しているのはシンシア様です」

あまりの急展開に、頭がついていきません。

えっと、テオドール様の本命は、ジーナさんじゃなくて、私だったということでよいのでしょうか？

そんなに私に都合の良いことが起こりますか？

昨晩、失恋したと思ってテオドール様への思いを断とうと決めたのに、今は真逆なことが起こっています。

「あ、あの」

何を言えばいいのか分からず困っていると、私の手を掴んでいたテオドール様の手に力が籠りました。

「私では、ダメですか？」

「その」

え？　これ、現実ですか？　私、夢を見ているんじゃ……。

「シンシア様」

私の名前を呼んだテオドール様の声は、いつもと違い、どこか暗い響きを含んでいるような気がしました。

急に端正な顔をグッと近づけられたので、私はさらに混乱します。

「こんなことを言うのは卑怯ですが、私たちの婚約は、皆に歓迎されています。あなたのご両親の許可はすでに取っていますし、リオ様だってセレナ様だって賛成してくれています。私をバルゴア領に取り込むと利益があるというのは、シンシア様も認めてくださいますよね？」

私がコクリと頷くと、テオドール様は「よし」と言いながら小さく頷きました。

「シンシア様が私を助けてくださいました。そして、バルゴア領まで連れてきてくださった。助けたのなら、最後まで責任を取るべきではないでしょうか？」

「せ、責任、ですか？」

「はい。この国には、保護責任者遺棄（いき）罪があります。私はシンシア様がいないと生命の危機があり、かなり危ない状態になってしまうので、広義に考えると適用されるのではないかと思うのです」

なんだか話が難しくて、余計に分からなくなってきました。

「えっと、ようするに、私とテオドール様が婚約すれば、皆が幸せってことですか？」

「そうです！」

皆の幸せ……。テオドール様はバルゴア領の皆のために、私と婚約しようとしているのですね。そこまでバルゴア領のことを考えてもらえるのは、とても嬉しいですが、なんだか複雑な気分です。

私はテオドール様から視線をそらしました。

「私は昨日、テオドール様が別の人を好きだと勘違いしてしまって、すごく悲しかったです。たくさん泣きました……。だから、そのとき、もっとしっかりした女性になって、テオドール様やレックス殿下を見返してやろうと決心したんです」

そう、今の私では、優秀なテオドール様と釣り合っていません。レックス殿下の言う通り、出世の役に立つくらいの価値しかないのです。

「今の私がテオドール様にふさわしいなんて思っていません。でも、今日、私すっごく頑張ったんです！　これからも頑張って、お母様やセレナお姉様みたいな素敵な女性になってみせます。だから――」

私はテオドール様をまっすぐ見つめました。

「その婚約お受けします。そして、いつかきっと、皆のための婚約じゃなくて、テオドール様の幸せのために『私を選んで良かった』と思ってもらえるように頑張ります！」

テオドール様に優しく抱きしめられました。

耳元で「私の言い方が悪かったせいで、誤解が……」と聞こえます。

「シンシア様、愛しています。あなたがいないと生きていけない」

「わ、私もテオドール様が大好きですよ」

「あなたに出会う前、どうやって生きていたのか、もう分からないのです」

「私だって、昨日は失恋したと思って、すごく悲しかったんですから」

クスッと微笑んだテオドール様は、「この思いの差が少しずつ縮まるように、これから努力します」とささやきました。

「今はただ、あなたとの婚約が成立した幸せを噛みしめさせてください」

テオドール様の手が私の頬に触れました。ゆっくりと顔が近づいてきます。

唇が触れるか触れないかくらいでしたか、私たちは初めてキスをしました。

見つめ合い微笑み合います。こんなに幸せそうに笑うテオドール様を見たのは初めてです。テオドール様が私を優しく抱きしめます。それはとても嬉しいのですが、私はそれどころではありませんでした。

「あ、あの、テオドール様」

「はい」

どこかうっとりしているような声がテオドール様から返ってきます。

「その、それで刺されたという話は？」

ニッコリ微笑んだテオドール様は「大丈夫ですよ」と言いました。

「実は昨晩、レックス殿下がお酒に酔われて暴れまして。その際に、刃物で切りつけられてしまい」

「はぁ!?　レックス殿下に刃物で!?　ぜんぜん大丈夫じゃないじゃないですか！　どこをどれくらい刺されたのですか!?」

「脇腹を――」

「脇腹!?」

そんなところを刺されて、大丈夫なわけありません！　そういえば、さっき歩けないほど痛むって。

「テオドール様は、どうしてそんなに無理をするんですか！　もしかして、ちゃんと治療もしてもらっていないんじゃ……」

王都で倒れるまで仕事をしていたテオドール様なら、ありえます。

「ちょっと失礼します！」

私はテオドール様の服に手をかけました。

「シ、シンシア様⁉」

テオドール様の焦る声が聞こえてきますが、今はそれどころではありません。

脇腹が見えるくらいテオドール様のシャツを捲（まく）り上げると、そこには、真新しい包帯が巻かれていました。

「ちゃんとお医者さんに見てもらって、治療してもらいましたか⁉」

そう尋ねると、テオドール様は必死にコクコク頷きます。

「治るまで、安静にしてください！」

「大丈夫ですよ。薄く切られただけなので、仕事に支障はきたしません」

その言葉に私はムカッとしました。

「じゃあ、テオドール様は、私が刃物で薄く切られても平気なのですか⁉」

「まさか！」

「だったら、私も嫌です！　大好きな人を傷つけられて、平気なわけありません！　レックス殿下だけは絶対に許しません！」

「シンシア様……」

私は、真っ赤になっているテオドール様の頬を両手で挟みました。

「もっと自分を大切にしてください！　私たちは婚約したんですよ？　これから先、ずっと一緒にいるんですから！」

「ずっと、一緒……」

テオドール様の赤い瞳が少しだけ潤んでいるように見えます。それを見た私は、場違いにも綺麗だなと思ってしまいました。しばらく見つめ合っていると、テオドール様がクスッと笑います。

「シンシア様。私たち、今すごい状態になっていますよ」

「え？」

いわれてみれば、私がソファーにテオドール様を押し倒すような格好になってしまっています。しかも、さっき私が無理やりテオドール様のシャツを捲り上げたので、さらに大変なことに。

「わっ⁉　ご、ごめんなさい！」

急いでテオドール様の上から降りようとしますが、テオドール様に捕まって降りられません。

「は、離してください！」

「お断りします」

「ケガが悪化したらどうするんですか⁉」

「ケガはもう治りました」

「ええっ⁉」

そのとき、自室の扉がノックされて、２人のメイドが入ってきました。

「シンシア様、こちらにいらしたのですね――」

メイドたちは私たちを見るなり、目と口をあんぐりと開けます。それはそうでしょう。今の状況は、どう見ても私がテオドール様を無理やり押し倒しているようにしか見えません。

「し、しし失礼しました！」

「お邪魔しました！」

回れ右をして、素早く部屋から出ていこうとするメイドたち。

「待って！　違うの、これは誤解で！」

あとを追いかけたいのに、テオドール様に抱きしめられてできません。

「テオドール様、離してください！　このままでは、とんでもない誤解をされてしまいますよ⁉」

「いいではないですか」

私の耳元に楽しそうな声が聞こえてきます。

「私たちは、これから先、ずっと一緒にいるのですから」

その後、レックス殿下とその護衛騎士たちは、拘束されてレイムーアへと護送されました。

その他の外交官たちは、予定通りバルゴア領を出て王都に向かいます。

レイムーアの一団を無事に見送れて、私はホッと胸を撫でおろしました。

入れ違いで、近隣の村に出向いて王家から来た使者に対応していたお父様も、バルゴア城に帰ってきました。

お父様の話では、わざわざ使者たちがバルゴア領まで来た目的は、やはりテオドール様を連れ戻すことだったそうです。夜会の場で、あれだけ盛大に王女殿下がテオドール様に婚約破棄を突きつけたのに、２人の婚約はまだ継続しているとのこと。

王女殿下から正式に謝罪をするので、テオドール様に急ぎ王都に戻るように、と使者は告げました。

それを聞いたお父様は大激怒。今すぐに2人の婚約を王家側の有責で破棄するように言って、使者を追い返してくれたそうです。

今後、王家側がどう出るかは分かりませんが、バルゴア領にいる限り、テオドール様に危害を加えることはできないでしょう。

お父様は、私とテオドール様に目を向けました。使者の件は無事に解決したはずなのに、その顔はとても複雑そうです。

「シンシア。テオドール卿を自室に連れ込み、無理やり服を脱がせ押し倒していた、という報告が上がっているが？」

「なっ⁉」

お父様の横では、お母様がクスクスと笑っています。

テオドール様も微笑みながら「誤解です」と言ってくれましたが、お父様は納得していないようです。

「5年くらいは婚約期間を置いて、お前たちの相性をじっくり見るつもりだったが……。どうするべきか」

お母様が「5年も様子を見る気だったのですか？　あなたはシンシアに過保護すぎます」と呆れた視線を送っています。

本当にそうですよ！　お兄様が婚約者としてセレナお姉様を連れてきたときは「セレナさんの気が変わらないうちに早く式を挙げよう！」と急ぎまくっていたのに……。

お母様、もっと強くお父様に言ってやってください。せっかく婚約できたのに、テオドール様と5年も結婚できないのは嫌すぎです。

ため息をついたお父様は「シンシアはどうしたい？」と聞いてくれました。お母様は、「シンシア、責任はちゃんと取らないとダメよ」なんて冗談を言っています。

「せ、責任って……」

そういえば、テオドール様にも前に『助けた責任を取ってください』とかなんとか言われましたね？

気がつけば私は、テオドール様と結婚する以外の道がなくなっているような気がします。

そんな……。そんな嬉しいことが、あっていいのでしょうか!?

私の手を優しく握ったテオドール様は「どうしますか？」と言いながら、悪そうな笑みを浮かべています。その表情も素敵です。

「なんだかよく分かりませんが、責任は早めに取らせていただきますね」

ニッコリと微笑んだ私に、お父様の呟きが聞こえてきます。

「早め……じゃあ、3年後くらいか？」

「あなた」

お母様にギロリと睨まれたお父様は肩を落としています。

「わかったよ。1年後に2人の結婚式を挙げよう」

「お父様、ありがとうございます！」

「ありがとうございます、辺境伯様」

嬉しくなった私はテオドール様に抱きつきました。そんな私をテオドール様はしっかりと抱き留めてくれます。

それを見たお父様は両手で顔を覆ってしまいました。お父様の頭をお母様がよしよしと撫でています。

「シンシア、愛娘(まなむすめ)を嫁に出す男親は、複雑な気持ちを抱えていて繊細なのよ。そういうのはお父様の前ではやめましょうね」

「え？　でも、もっとすごい報告を聞いたあとなのに？　まぁあれは誤解ですけど」

「話で聞くのと、実際に見るのでは、受けるダメージが違うのよ」

「そういうものですか？」

「そういうものよ」

そういうものらしいので、これからは気をつけようと思います。

7章　願いを叶えた人たち

【テオドール視点】

バルゴア城内には立派な図書館があるが、私とシンシア様以外に利用している者を見たことがない。

それを良いことに、最近の私は図書館にシンシア様を誘い、２人きりの時間を楽しんでいた。

図書館内は、本の劣化を防ぐために窓の数が少ない。長期的に直射日光を浴びると、本は色あせや乾燥を起こしてしまう。しかし、図書館から少し離れた場所にある読書スペースには、壁だけではなく天井にまで大きな窓があった。

その開放的な空間には、ソファーが置かれている。シンシア様のお気に入りは、右から２つ目の淡いピンク色のソファーだ。

そのソファーに並んで座り、シンシア様と私は本を読んでいた。

本を読むといっても、私の目はただ文字を追っているだけで、内容が少しも頭に入ってこない。その原因を作っている人に私は視線を向けた。

窓から差し込む光を浴びて、シンシア様の美しい金髪がキラキラと輝いている。

真剣な横顔に、物語に夢中な瞳。いつまでも見ていたい。

シンシア様との婚約が成立してからというもの、気を抜くとすぐに私の口元は緩んでしまう。それを目ざとい役人仲間に見られてはからかわれる日々。

でも、それすら楽しくて心が弾む。こんな幸せが私に訪れるなんて、信じられない。

私は、生まれたときから今までずっと、ほしいものは手に入らないのが当たり前だった。だから早い段階で、何かをほしいと思うことをやめた。

そんな私に許されたのは、本を読むことだけ。それだけが、私が生きている理由だった。だから、ベイリー公爵家の書庫で、いつも一人で本を読んでいた。

そうすることが当たり前だったのに、今は隣に愛する人が座ってくれている。こんな幸せな未来が訪れるなんて、あの頃の私に話しても絶対に信じてくれないだろう。

私はふと、本を読むことを勧めてくれた家庭教師のことを思い出した。

幼い私の目線に合わせて、救いの言葉をくれた博識な彼は、今、どうしているのだろうか？

もし、再び彼に会うことができるのなら、言葉では尽くせないほどの感謝を伝えたい。あなたの教えのおかげで私は生き延びて、こんなにも幸せになりました、と。

今なら心の底から、生きていて良かったと思える。そう思えるのは、シンシア様のおかげだった。

本はたくさんのことを教えてくれた。だけどシンシア様は、本では分からなかったことを教えてくれる。

愛情を込めた瞳を向けられると、泣きたくなるくらい嬉しくなることや、愛する人の側では本になんか集中できないこと。ただ側にいるだけで、こんなにも心が安らぐこと。

本を読み終えたようで、顔を上げたシンシア様がため息をついた。読み終わった嬉しそうに本を胸に抱えている。

私が「面白かったですか？」と尋ねると「はい」と明るい返事が返ってきた。

「テオドール様も読み終わりましたか？」

「ええ、まぁ」

まさか『ずっとあなたを見ていたので、少しも読めていません』などとは言えず、私は言葉を濁して話題を変えた。

「そういえば、レイムーアの公爵令嬢マリア様とレックス殿下との婚約が、レックス殿下の有責で破棄されたそうですよ」

その言葉を聞いたシンシア様の表情がパァと明るくなる。

「本当ですか!?」

「はい、レイムーアの知り合いから得た情報なので間違いありません」

レックスの護衛をしていた騎士は、無事にマリア様と婚約できたらしい。手紙には感謝の言葉と共に、何か困ったことがあれば言ってくれ。この恩は必ず返すと書かれていた。

護衛騎士のマリア様への想いを知らないシンシア様は「テオドール様は、交友関係も広いのですね」と感心している。

「あの、マリア様の新しい婚約者の方は、どんな方でしょうか？　変な人じゃなければいいんですが……」

会ったこともない人のことまで心配するなんて、シンシア様の優しさには、いつも驚かされる。

私が「新しい婚約者は、マリア様のことを深く愛していて、大切にしてくださる方だそうですよ」と伝えると、シンシア様は可愛らしい笑みを浮かべた。

「よかったです」

この笑顔をずっと見ていたいのに、シンシア様の表情はすぐに曇ってしまった。

「叔母様からの手紙に書いてあったのですが、王都でクルト様と王女殿下の結婚式が開かれたそうですね」

「そうらしいですね」

私のほうにも父であるベイリー公爵から手紙があった。そこには私を罵る言葉と共に、二度と王都に戻ってくるなと書かれていた。言われなくても戻る気など微塵もない。

シンシア様は不安そうな表情を浮かべている。

「では、クルト様が王配になられるのでしょうか？」

いいえ、それはありません。私は首を振った。

「王女殿下は、婚約破棄騒動の責任を取る形で、王位継承権を剥奪されたと聞いています。なのでクルトと結婚して、私の実家のベイリー公爵家に嫁入りすることになったらしいです」

「そうなのですね。ここは、愛し合うお2人が一緒になれてよかったと言うべきなのでしょうけど……。私は王女殿下とクルト様がテオドール様にしたことを許していませんから！　あんな人たちが幸せになるなんて納得できません！」

頬を膨らませて怒るシンシア様はとても愛らしい。

「私のために怒ってくださりありがとうございます。でも、予想に反して、あの2人はあまり幸せではないようです」

「え？」

私は胸元から1通の手紙を取り出した。差出人の名前は元王女殿下のアンジェリカ様。

驚くシンシア様に私は手紙を差し出した。人の手紙を見せるのは良くないことだと思われそうだが、シンシア様に隠し事をして誤解をされるのだけは避けたい。

「私が中を見てもいいのですか？」

「はい、どうぞ」

少し悩んだあとに手紙を広げたシンシア様。その顔がみるみるうちに強張っていく。

「はぁ!? なんですか、この手紙は！」

手紙の内容を要約すると『テオドール、私の元に戻ってきなさい。今なら許してあげるわよ』だった。

それを読んだシンシア様の瞳には、怒りが浮かんでいる。

「アンジェリカ様がテオドール様に謝るのならまだしも、どうしてアンジェリカ様にテオドール様が許してもらわなければならないのですか!? 一体、何が目的でこんな手紙を!?」

「どうやら、王女でなくなったアンジェリカ様に、クルトは興味をなくしたようです。今は、王都の有名女優と不倫中だそうですよ」

「この短期間で破局する真実の愛って、一体!?」

驚く表情も可愛らしくて、私はつい「驚いているシンシア様も素敵です」と心の声が漏れてしまう。

白い頬を赤く染めたシンシア様に「もう！　今は冗談を言っている場合じゃありません」と

注意されてしまった。

「じゃあ、アンジェリカ様はクルト様とうまくいっていないから、テオドール様を王都に呼び戻して復縁しようとしているってことですか？」

「いえ、アンジェリカ様に限って復縁はないでしょう。あの方は私の容姿や性格、行動の全てを毛嫌いしていましたから」

「アンジェリカ様の男性の好みは、本当に理解できません……」

王都でクルトが女性たちから絶大な人気を得ていたことを考えると、シンシア様の好みのほうが特殊な可能性が高い。でも、そんなことをわざわざ自分から言うつもりはない。むしろ、シンシア様には、このまま一生気がつかないでいてほしい。

そんな私を見つめるシンシア様の表情はなぜか不安そうだ。

「どうかしましたか？」

「その、私を置いて王都へ……行かないですよね？」

予想外の言葉に私は驚きを隠せなかった。

「それはまさか、私がシンシア様を置いてアンジェリカ様の元へ戻ることを心配されているのですか？」

「だって、アンジェリカ様は堂々としていて、とてもお美しかったから……」

そう言うと、シンシア様は俯いてしまった。

アンジェリカ様がお美しい？

そう言われて、私はアンジェリカ様のことを思い出そうとしたが、もう顔すら思い出すことができなくなっていた。

アンジェリカ様は、外見がどうとかいう以前の問題で、常に大量の仕事と無理難題を押しつけてくる人というイメージしかない。

今思えば、女性として意識したことなんて一度もないし、人間的にも合わないので、もう二度と会いたくない。

そんなことより、こんなに毎日シンシア様に愛を伝えているのに、まだ伝わっていなかったことのほうが大問題だ。

私は、そっとシンシア様の手に触れた。

「私がシンシア様を置いて王都に行くことは絶対にありません。私にとって素敵な女性は、シンシア様ただ一人です」

「テオドール様……」

ホッと胸を撫でおろすシンシア様の様子を見て、私の心はしめつけられた。

「不快な思いをさせてしまい大変申し訳ありません。まさか、この手紙を見たシンシア様が不安になるなど思いもしませんでした。この手紙を隠して、またカゲのときのような誤解を与えてはいけないと思いお見せしたのですが、それは間違いでしたね」

どうしてもっとうまくできないのか？　どうして何よりも大切な人を不安にさせてしまうのか？　今まで恋愛に少しも興味がなかったことが悔やまれる。今からでも遅くないと恋愛に関係する本を読み漁っているのに、まだ足りないようだ。

「わ、私のほうこそ、勝手に不安になってすみません」

シンシア様は大きな瞳を悲しそうに伏せた。

こんな顔をさせたかったわけじゃない。どうしたら、また笑ってくださるのだろうか？

私はためらいながら、そっとシンシア様の手に触れた。そして、その白く可憐な手に顔を近づけていく。

本によれば、キスをする場所により異なる意味があるらしい。

例えば手の甲へのキスは、相手への敬愛や尊敬を、頬なら相手に対する親愛の情を表すそうだ。そして、手のひらへのキスが持つ意味は懇願。

懇願とは、誠意をもってただひたすら願うこと。

「シンシア様、愛しています」

私はシンシア様の手のひらに唇を押しつけた。どうか私のこの切実な想いがシンシア様に伝わりますように。

　とたんにシンシア様の頬が赤くなり、表情がやわらいでいく。その口元には笑みが浮かんでいる。

「テオドール様の愛を信じていないわけではないのです。その、少しだけ不安になってしまって……ごめんなさい」

　愛おしい人を抱きしめると、くすぐったそうな笑い声が聞こえてくる。腕の中のシンシア様は、幸せそうに微笑んでくれていた。

「私もテオドール様を愛しています」

　この時間が一生続けばいいのにと思っていると、シンシア様から予想外のことを聞かれた。

「あの、テオドール様。アンジェリカ様のお手紙には、どのようなお返事をするんですか？」

　シンシア様は「あっ浮気するとか、そういう心配ではなくて！」と慌てている。

　私はこの手紙をシンシア様に見せたあと、すぐに捨ててしまおうと思っていた。だから、返事をするつもりはなかった。

「返事をするべきでしょうか？」

　私の言葉に、シンシア様はきょとんとしている。

「しないのですか？」

シンシア様の中では、返事をしたほうがいいらしい。私はシンシア様に嫌われたくない一心で「します」と答えた。

「誤解のないように、今、ここで返事を書きます」

幸いなことに、この読書スペースには、本を読みながらメモが取れるように、紙とペンが置かれていた。

無地の紙切れは、手紙に使うには質素すぎるが、興味のない人への返信にはこれでも十分だと思う。

シンシア様は、興味深そうに私の手元を覗き込んでいた。

何を書いたものか……。

返信しようにも、アンジェリカ様に言いたいことなんて何もない。手紙を受け取ったときも、なんの感情も湧かなかった。それくらい、彼女は私の中でどうでもいい人になっている。でも、何かを書かなければ。シンシア様の期待だけは裏切りたくない。

私はペンを走らせ、家庭教師の彼が幼い私に教えてくれた救いの言葉を書き綴った。

それを見たシンシア様は「素敵な言葉ですね」と言ってくれる。

この手紙を呼んだアンジェリカ様が何を思うのかは分からない。

ただ、もう手紙は送ってこないでほしいので、今後は手紙を送ってきても返事はしないし、そもそも読むこともないと書き添えた。

【第一王女アンジェリカ視点】

私とクルトの結婚式が行われた。

王族の結婚式ともなれば、国をあげての一大イベントになるところだけど、テオドールとの婚約破棄の件があったので、従来通りにはいかなかった。

私たちは大聖堂で結婚式を挙げたものの、そのあとの民へのお披露目（ひろめ）パレードは行われなかった。

それだけではなく、披露宴には多くの貴族が祝いに駆けつけたけど、他国の来賓（らいひん）が呼ばれることはなかった。

それは、私が結婚の前に王族籍から外されたことが関係している。

その日、私は国王であるお父様から、謁見室に呼び出された。

「アンジェリカ、私の可愛い娘よ」

そう言ったお父様の顔色は悪い。

「お前とテオドールの婚約を破棄しなければならなくなった」

「本当ですか⁉」

それまでは『テオドールに謝れ。２人の婚約破棄は絶対に認めない』と頑なだったのに。

喜ぶ私を見て、お父様はため息をついた。

「喜ぶのか、アンジェリカよ……。お前は本当に何も分かっていないのだな。テオドールと婚約を破棄するということは、お前はもう女王にはなれない、ということなのだぞ」

神妙な顔をしているお父様を私は笑い飛ばした。

「分かっていないのは、お父様のほうです。私がいつ女王になりたいと言いましたか？　私は女王になどなりたくなかった！　それなのに、周りは女王になれとうるさく言う。これまでの私がどれほど不幸だったか、あなたには分からないでしょう」

「アンジェリカよ。人は生まれを選ぶことはできない。王族には王族の、貴族には貴族の、民には民の生き方があるのだ。それを理解できなければ、どこに行こうとお前は不幸だと感じるだろう」

私を見つめるお父様の目には、なぜか悲しみが浮かんでいた。それでも、私は自分が間違っているなんて思わない。

王女という地位から解き放たれて、今まで感じたことがないほど幸せだった。そして、これから愛するクルトと共に、自由な生活ができることを心の底から喜んでいた。

しかし、今思えば、私の幸せの絶頂は結婚式だった。

王家から外され、ベイリー公爵家に嫁ぐ私についてきてくれる使用人はいない。私は身ひとつでベイリー公爵家に嫁いだけど、クルトがいるからなんの不安もなかった。

でも、ベイリー公爵家での生活は、私の想像とは違っていた。

クルトは出かけることが多くて、なかなか家に帰ってこないし、帰ってきてもまたすぐに出ていってしまう。

結婚式を挙げてから、クルトとは会話らしい会話をした記憶がない。結婚式前は毎日のように愛の言葉をささやいてくれていたのに。

それだけじゃない。何が不満なのか、ベイリー公爵も公爵夫人も私に無礼な態度をとる。主がそんな態度だからか、メイドまでもが私に生意気な態度をとったので、その頬を思いっきり打ってやった。

そのメイドは公爵夫人のメイドだったようで、あとから私の部屋に公爵夫人が乗り込んできた。だからはっきりと言ってあげた。

「使用人を躾けていないあなたが悪いわ」

そう言うと、公爵夫人は目を吊り上げて私を睨んできたが、何も言わずに部屋から出ていった。その後、夫人はメイドたちを連れて領地に行ったと聞いた。

邪魔者がいなくなってせいせいしていると、今度はベイリー公爵が部屋に怒鳴り込んできた。

「ただでさえテオドールがいなくて仕事に追われているのに！　妻が抜けた分は、お前がやるんだ！」

「お前ですって⁉　無礼者！」

ベイリー公爵は鼻で笑うと、私に紙束を投げつけた。

「まだ分かっていないようだな？　王族から外されたお前に無礼を働いても、もう誰からも咎められないということを。お前のようなわがまま女をこの家に置いてやっているのは、王家の目があるからだ！　そうでなければ、王女にならないお前になど、なんの価値もない！」

あまりの言葉に私が呆然（ぼうぜん）としていると、クルトが部屋に顔を出した。

「大きな声が部屋の外まで聞こえているよ。父さん、どうしたの？」

私はクルトに抱きついた。

「聞いてクルト、あなたのご両親がひどいのよ！」

クルトは、よしよしと私の頭を撫でてくれる。

「それは大変だったね」

「クルト……」

やっぱりクルトは、いつでも私のことを大切にしてくれる。優しく抱きしめてくれるクルトにうっとりしていると、クルトは、まるで私を引きはがすように私の両肩に手を置いた。

「でも、アンジェリカ。君はベイリー公爵家に嫁入りしたんだから、当主である父さんの言うことを聞かないといけないよ」

「え？」

クルトはベイリー公爵に微笑みかけた。

「父さん、またほしいものがあるんだけど」

「全くお前は」

そう言いながらもベイリー公爵は、優しい笑みを浮かべている。

「ありがとう、父さん。じゃあね、アンジェリカ」

「ちょ、ちょっと待って⁉」

私がクルトの腕を掴むと、クルトは眉をひそめる。

「何？」

「何って、私が怒られているのよ？　どうして助けてくれないの？」

クルトは、不思議そうに首をかしげた。

「どうして助けないといけないの？　怒られるようなことをするほうが悪いよ。そんなの子どもでも分かることだろう？」

私は、目の前の愛する人を凝視した。

クルトの華やかな装いや、甘くささやくような話し方が大好きだった。いつでも私のことを分かってくれる、私だけの素敵な人。

でも、今、私の目の前にいる人は、誰なの？

ベイリー公爵が「アンジェリカ、仕事をしろ！」と叫んでも、クルトは少しも気に留めない。

「じゃあ、アンジェリカ。頑張ってね」

他人事のようにヒラヒラと手を振って、クルトは部屋から出ていってしまった。クルトを追いかけようとした私を、ベイリー公爵が怒鳴りつける。

「アンジェリカ、お前は仕事をするんだ！」

「そんなの知らないわ！　クルトはしていないのに、どうして私だけしないといけないの？　クルト、待ってクルト！」

聞こえているはずなのに、クルトは立ち止まってくれない。一度も振り返らずに馬車に乗り込んでしまった。

走り去る馬車を、私はただ見送ることしかできない。

「一体、何が起こっているの？」

もうわけが分からない。分からないのに誰も何も教えてくれない。テオドールなら私が理解できるまで、うっとうしいくらい何度でも教えてくれたのに。

「……そうだわ、テオドール！　ここにテオドールがいればいいのよ！」

婚約者として最低だったテオドールは、私から全ての仕事を奪って喜んでいた。だから、きっと仕事があると分かれば、また私の元に戻ってくるはず。

ベイリー公爵家の仕事だって、テオドールがやればいいんだわ！　そうすれば、皆が幸せになれるのだから。

私は急いでテオドールに手紙を書いた。確かテオドールはド田舎のバルゴア領に逃げていったはず。私が王都に呼び戻せば、感謝して涙を流すかもしれない。

書いた手紙を使用人に出すように命令すると、私はようやく落ち着くことができた。

数日待っても、テオドールから返事は来ない。

「ド田舎なせいで、手紙が届くまで時間がかかっているのね……」

クルトはあれ以来、公爵家に帰ってきていない。私はベイリー公爵や、使用人たちにすら無視されている。

王女だった頃は、常にたくさんの人が私の周りにいた。それが息苦しくて嫌だった。一人きりで過ごすことができれば、どれほど清々しい気分になるだろうと夢見ていた。でも、夢が叶い一人きりになった今、私はどうしようもない不安に襲われていた。

そういえば、王女時代はカゲという護衛がつけられて、常に監視されていた。そのカゲにテオドールを殺すように命令したけど、あれはどうなったのかしら？

もしかして、テオドールはカゲに殺されてしまったの？　だとすれば、テオドールからの手紙の返事は一生来ない。

「誰か、誰か来て！　聞きたいことがあるの、早く！」

どれだけ呼んでもメイドは姿を現さない。ベイリー公爵が、私の言うことは聞かなくていいと命令しているらしい。食事もどんどん品数が減っていく。

もう何日も誰とも会話をしていない。私は、暗い気持ちを抱きかかえるようにベッドの上で丸くなっていた。

「どうして……？　どうしてこんなことに？」

その問いに答えてくれる人は誰もいない。

「私はただ、自由になって、幸せになりたかっただけなのに……」

孤独に耐えられず部屋から出ると、メイドたちが廊下の掃除をしていた。

「ねぇ聞いた？　クルト様の話」

「ああ、新しい恋人のこと？　聞いたわよ、今度は有名な女優でしょう？　新婚なのによくやるわね」

「新婚っていっても、結婚してからずっと奥さんほったらかしじゃない」

「まぁ、あんなに乱暴な方が奥さんじゃねぇ。クルト様も家に寄りつかなくなるわよ」

クスクスと笑い声が聞こえてくる。私はメイドたちに駆け寄った。

「なんですって!?」

きゃあと悲鳴が上がる。私はメイドの襟首(えりくび)を掴み、もう一度叫んだ。

「クルトが、なんですって!?」

メイドは私の質問に答えず、震えながら「も、申し訳ありません」と涙を浮かべるだけ。

私を妻に迎えておきながら、クルトが有名女優と浮気？

それから、どこをどう歩いて部屋に戻ってきたのか分からない。

いつのまにか、テーブルに一通の手紙が置かれていた。それは飾り気のない無地の封筒だった。封筒には差出人の名前が書かれていない。

それでも私は、この手紙はテオドールからだと思った。急いで開けて中を読む。想像していた内容と違うことに腹が立ち、私は手紙を投げ捨てた。

「テオドールのくせに！」

偉そうに、もう手紙を送ってくるなだなんて！　送ってきても読まないだなんて！

「テオドールの、くせに……」

その日から、私はさらに部屋に籠るようになった。クルトは相変わらず家に帰ってこない。私にそうしていたように、今度は有名女優とやらに愛をささやいているの？

食事も2回に減らされている。メイドが掃除しない部屋の隅には、私が投げ捨てたテオドールの手紙がいつまでも残っていた。

私はテオドールの手紙を拾って、もう一度読んだ。

そこには、意味の分からない言葉が並んでいる。

――本は誰にでも平等です。読書は体験であり対話です。あなたは決して一人ではありません。

「何よ……どういう意味なのよ……」

分からないけど、婚約者だった頃のテオドールは、いつも私に何かを説明していた。うっとうしくてまともに聞かなかったけど、もしかしたら、とても大切なことを言っていたのかもしれないと今なら思う。

テオドールの言葉を、そして、お父様の言葉を何ひとつ聞かなかった私は、今、こうしてつらい目に遭っている。もし、私が彼らの言葉に耳を傾けていたら、こんなことにはならなかったのかもしれない。

今の生活は、夢見ていた幸せとは程遠い。こんな生活がこれから一生続くなんて嫌だった。

私は何度も何度もテオドールの手紙を繰り返し読んだ。

「本？　本を読めってことなの？　テオドール……」

私はふらつきながら部屋から出ると、公爵家の書庫を目指した。場所が分からなかったから、そこらへんにいた年若いメイドを捕まえて場所を聞いた。

聞かれたメイドは戸惑いながらも、私を書庫まで案内してくれる。公爵家の書庫は、王城のものとは比べ物にならないほど狭い。それでも、たくさんの本が置かれていた。

私は本棚から適当に本を手に取って中を見た。難しすぎて少しも興味が持てない。

「私でも、読める本を探さないと」

幸い、この書庫には簡単な内容の本も置いてあった。

「これくらいなら、私でも読めるわ」

夢中で文字を追っていると、あっという間に時間がたっていた。一人で泣きながら部屋で過ごすより、こうして時間をつぶすほうがずっといい。

それからの私は、書庫に籠って一人で本を読むようになった。それ以外することがないので、どんどん本を読み進めていく。ひとつの棚の本を全て読み終わった頃、私がどうしてこんな目に遭っているのか、ようやく分かった。

クルトは女王になる私に興味があっただけで、きっと、初めから私を愛していなかったのね。

それなのに、私は甘い言葉に騙されて、全てを捨ててクルトの元に嫁いでしまった。

「私はなんて可哀想なの……」

あれから何度もテオドールに手紙を送っているけど、一度も返事は返ってこない。

「テオドール、もし、あなたにもう一度会えるのなら……」

私はため息をつくと、次の本を手に取った。

テオドール様と私が婚約してから、ひと月がたちました。
少しずつ暑い日が増えてきて、バルゴア領に初夏の訪れを感じます。
初めて参加した王都の夜会で、テオドール様に出会ったときのことが、まるで遠い昔のようです。それくらい、テオドール様と一緒に過ごすことが、私にとって当たり前になっていました。
今日はテオドール様のお仕事はお休みです。天気も良いので、テオドール様と一緒に、のんびりバルゴア城内を散歩することにしました。

テオドール様に出会ってからの私は、健康的な生活をするようになったと思います。それまでは、いつも部屋に籠って本を読んでいましたから。

王都から取り寄せた恋愛小説に胸をときめかせる日々はとても楽しかったです。

でも、本当の恋愛は、のんきにときめいている余裕なんてありません。

だって、目の前でものすごく素敵な人が、ものすごく良い声で話しかけてくるのです。いろんな表情を見せてくれるから目が離せないし、触れられると温かいし、テオドール様が動くたびにとても良い香りがします。

今だって手を繋いで歩いているだけで、私の鼓動がうるさくて仕方ないです。なんとか手を繋いで歩くことに慣れた頃、急にテオドール様がお互いの指を絡めるように手を繋ぎ直したので、私の心臓は飛び跳ねました。

私の動揺に気がつかないテオドール様は、涼しい顔で「そういえば」と話し始めます。

「シンシア様は、レックス殿下のことを聞きましたか？」

「あ、はい……」

大嫌いな人の名前を聞いた私は、思わずいやぁな顔をしてしまいました。

「お母様から、レックス殿下の罪があちらこちらで訴えられているって聞きました」

「そうらしいですね。数が多いので、慰謝料の請求額がとんでもないことになっているそうですよ」

「テオドール様も刺されたのですから、しっかりと治療費を請求しないと！」

クスッと笑ったテオドール様は、まるで他人事のように話します。

「レックス殿下だけではなく、その護衛騎士たちの横暴な態度も問題になっているそうです。彼らはレックス殿下と一緒に、あちらこちらでやらかしていたようで、こちらも慰謝料の支払い請求と共に、自分たちの犯した罪の数だけ罰を受けることになるでしょうね」

私は、レックス殿下の護衛騎士たちが、バルゴア領のメイドを脅していたときのことを思い出しました。

あんな態度をあちらこちらでとっていたとしたら、大問題です。

「悪いことをする人の考えは分かりません」

「シンシア様は、分からなくていいのです」

そう言ったテオドール様の瞳は、ゾクッとしてしまうくらい冷たい光を帯びています。そんな表情も素敵です。

「テオドール様……ひどい目に遭わされた人たちは、これからどう暮らしていくのでしょうか？」

「どうとは？」

「その、うまく言えないのですが、たとえ慰謝料をもらったとしても、傷つけられた心や身体は元通りにはならないと思うのです」

「そうですね」

一度、床に叩きつけられたグラスは、どれほど丁寧に繋ぎ合わせても、決して元には戻りません。傷つけられた心や身体もそれと同じです。

「レックス殿下は罪に問われることになりましたが、元王女殿下やクルト様だって、テオドール様に謝罪してほしいです。それに子どもの頃からテオドール様につらく当たっていたベイリー公爵や公爵夫人も、罪に問われるべきだと思います」

テオドール様の黒髪が風に揺られています。その表情はなぜかとても穏やかです。

「シンシア様のお気持ちはとても嬉しいです。でも私は彼らに謝罪を求めるつもりはありません」

「どうして……」

「復讐（ふくしゅう）劇は多くの舞台や書物の題材として取り扱われています。しかし、復讐を遂げた主人公のほとんどが、その後に虚しさを感じていることを、私は不思議に思っていました。憎い相手に復讐したのなら、晴れやかな気持ちになって幸せになれるはずなのに」

テオドール様は、繋いでいる手に少しだけ力を込めました。

「でも、今なら分かります。相手に自分がされたことと同じことや、それ以上の危害を加えたとしても、シンシア様のおっしゃるとおり、傷つけられた心や身体は決して元通りにはなりませんから」

「だからこそ、悪いことをした人は、ちゃんと罰せられてほしいです」

「もちろんそうあるべきです。でも、たとえ罰せられたとしても、傷つけられた側は元通りにはなりませんよね。だから、もっとも効果的な復讐は、相手がもう手出しできないような自分になり、そして、復讐相手のことなんてどうでもよくなるくらい、幸せになることではないでしょうか」

「幸せに？」

「そうです。私はシンシア様のおかげで、彼らのことなんて、もうどうでもいいのです。今の私は彼らごときに何をされても、傷ついたり苦しんだりすることはありません。あの人たちのことは、話題に上らなければ思い出すこともないのです。今が、そしてこれからが、幸せすぎて仕方ない。そうなることが最高の復讐のような気がするのです」

「そうなのでしょうか……」

分かるような、分からないような？

テオドール様は、繋いでいる私の指にキスをしました。

「シンシア様の心の中には、まだレックス殿下がいるようですね？」

「そんなことは！」

「名前を聞いただけで、そんなに嫌そうな顔をするくらいには、まだ嫌いでしょう？」

「うっ」

「シンシア様のお心の中に、別の男がいることに妬（や）けてしまいます」

「えっ？」

私の手を引いてテオドール様は歩き出しました。

「子どもの頃、レックス殿下に、無理やりあちらこちらに連れ回されたのですよね？」

「はい、すごく嫌でした」

「どこに連れていかれたか、覚えていますか？　私をそこに連れて行ってください」

「どうしてですか？」

「どうしてもです」

ニコリと微笑むテオドール様。私は、この笑顔にとても弱いのです。

「えっと、確か高台のほうとか、ここの噴水のあたりとか……」

噴水を見た私は、レックス殿下に水をかけられたことを思い出してしまいました。髪や服が濡れてしまい涙を浮かべる私を見て、レックス殿下は『田舎者には似合いの姿だな』と笑っていましたっけ。

「ここですね」

そう呟いたテオドール様は、向かい合うと私の頬にそっと触れました。ゆっくりと顔が近づき、かすかに唇が触れ合ったあとに離れていきます。

突然のことで、私は固まってしまいました。湯気が出そうなほど熱い私の頬を、テオドール様は両手で包み込みます。

「次からこの噴水を見たときは、レックス殿下ではなく私のことを思い出してください」

額が触れ合いそうな距離でそんなことをささやかれます。私がコクリと頷くと、テオドール様は満足そうに微笑みました。

「さぁシンシア様、次はどこですか？」

「えっ？」

「今日中に、全部回れるでしょうか」

「もしかして、レックス殿下と回った場所全部でこれと同じことを……？」

テオドール様は返事をする代わりに、ときどき見せるあの悪そうな笑みを浮かべました。

「さぁ、急ぎましょう」

「ええっ!?」

行く先々でキスされた私は嬉しいやら恥ずかしいやらで、フラフラになってしまいました。

最後に私たちがたどり着いたのは、シロツメ草が咲いているバルゴア城のはしっこです。三つ葉で作られた緑の絨毯の上に、白い花がまばらに咲いています。

ここでは、レックス殿下にメイドが叩かれた記憶がよみがえりました。あのときは本当に怖かったです。でも、シロツメ草の思い出は、悲しいだけではありません。

「そういえば、シロツメ草が満開のときに、テオドール様に花冠をいただきましたね。あのときいただいた花冠の花を数本抜き取って、栞にしたんですよ」

「栞に？」

驚くテオドール様に私は頷きます。

「だって、テオドール様が初めてくださったお花だから……。私の宝物なのです」

きっとテオドール様からすれば大したことではないでしょう。それでも、これは私の大切な思い出です。

「シンシア様、私の宝物も見ていただけますか？」

「え？」

テオドール様は、胸元から一枚の栞を取り出しました。その栞には、シロツメ草で作った指輪が押し花になっています。

「これって……」

「シンシア様がくださった指輪です。昔されていた遊びだと分かっていても、嬉しくて」

「嬉しかったのですか？」

あのときは、てっきりテオドール様の初めての指輪交換を奪って、傷つけてしまったと思っていました。

栞を大切そうに胸元に戻したテオドール様は「はい、とても」と微笑みます。

そして、シロツメ草の花を一輪摘んで、器用に茎を丸めました。

「シンシア様、お手を」

私は黙って左手を出しました。私の薬指にテオドール様は、シロツメ草の指輪をはめてくれます。

「愛している。結婚しよう」

いつもより低い声のテオドール様は、私が結婚ごっこで言った言葉を、そのまま真似ていました。私の返事はもちろん決まっています。

「はい」

この日を境に、私は、レックス殿下のことを思い出さなくなりました。代わりにバルゴア城

のどこに行っても、テオドール様のことを思い出して顔が赤くなってしまいます。

それはそれで困るのですが……。

噴水の前を通ったときもつい顔が赤くなってしまい、それを見たメイドが「今日は暑いですねぇ」と空を見上げました。

木々の緑が若葉から青葉へと変わり、鮮やかさを増しています。これからどんどん暑い日が増えていくのですね。

夏の訪れは、王都での社交界シーズンの終わりでもあります。

もうすぐ、テオドール様と過ごす、初めての夏がやってきます。

【クルト視点】

アンジェリカと結婚してから、周囲がおかしくなってしまった。

それまで親しく付き合っていた同年代の友人たちは、急に忙しくなったそうで、今はなかなか連絡がつかない。

僕を取り囲んで熱い視線を送っていた令嬢たちからも、距離を置かれている。

そんなとき、夜会で偶然会った友にそのことを話したら、「お前は結婚したんだから当然だろ？」と鼻で笑われた。

「それよりクルト、ベイリー公爵家は大丈夫なのか？」

「大丈夫かって、何が？」

「あの優秀なテオドール様が王都からいなくなったんだ。今、多方面に影響が出ているだろう？王家もテオドール様が抜けた穴を埋めるのに必死だと聞いたぞ。なんでも、テオドール様が一人でこなしていた仕事を6人の役人で引き継いだが、それでもさばき切れないらしい」

「ああ、兄さんね……」

家ではいるのかいないのか分からないような人だったが、王家の役人になった頃から、急に目障りになった。

あちらこちらで兄さんを褒める人が現れて、目の前にいる僕より兄さんが褒められることが増えていった。極めつけには、王命による王女殿下との婚約が成立。

「本当に、嫌な人だったよ」

その言葉を聞いた友は、また鼻で笑う。

「兄の婚約者を奪った奴がよく言うよ」

「奪ったんじゃない。アンジェリカがそれを望んでいたのさ」

「だからって……まぁいいか。もうそろそろ社交界シーズンも終わるし、俺は領地に戻るよ」

「また領地で狩猟パーティーを開くの？　そのときは僕も呼んでよ」

　友は答えず、右手を上げただけだった。

　いつもの僕なら、社交界シーズンが終わってもあちらこちらから誘われ、忙しい日々を過ごしていた。それなのに、今年は誰からも招待状が届かない。

　家に帰ると、いつもアンジェリカが喚（わめ）いている。

「クルト！　どこに行っていたの、クルト！」

　ああもう、うっとうしいな。

　出会った頃からわがままだったけど、彼女は王女で次期女王だったから、そのわがままですら魅力的に見えていた。

　でも、その両方を失った今、アンジェリカにはなんの魅力も感じない。

　王城でのアンジェリカは、何人ものメイドに世話をされ、頭の先からつま先まで磨かれ輝いていた。誰よりも美しかったのに、今では見る影もない。

　荒れた肌にパサパサの髪。余裕のない吊り上がった目。

　僕に抱きついてくるアンジェリカに『鏡でも見ろよ』と言いたい。そうすれば、今の見苦しい姿では、僕にふさわしくないと気がつくのに。

でも、アンジェリカとは王命で結ばれたから、決して離婚はできないと父が言っていた。

本来なら、国王陛下が決めた婚約を破棄に追い込んだことは重罪だ。だけど、アンジェリカが王位継承権を剥奪され、王族でなくなったことと、僕がアンジェリカを妻に迎えたことで、厳罰を免れたらしい。

アンジェリカにも問題があったとのことで、王家からは多額の慰謝料がベイリー公爵家に支払われた。だけど、本来なら王女が臣下に降嫁（こうか）する際に支払われる莫大な一時金は支払われなかった。それはアンジェリカが嫁ぐ前に王族籍から外されていたから。

父さんが言うには、一時金に比べれば、慰謝料なんてはした金らしい。

それは、ようするに、この結婚自体が僕たちへの罰だということ。

確かにこんな結婚は罰以外の何ものでもない。でも、決してアンジェリカと離婚はできない。もし離婚すれば、ベイリー公爵家は王家に敵意ありと見なされてしまう。

僕とアンジェリカの結婚は、あくまで、本人たちが望んでその愛を貫いた結果でなければならない。

僕は父から小遣いをもらうと、アンジェリカを残して馬車に乗り込んだ。

馬車内で、どうしてこんなことになったんだろうと考える。

僕は美しい王女殿下と結婚して、次期王配になるはずだったのに。面倒くさい仕事は全部兄さんに押しつけて、楽しく過ごすはずだった。

全ては計画通りだったのに。

兄さんに婚約破棄を突きつけた夜会で、予想外のことが起こってしまった。あの場に偶然、あの女が居合わせなかったら……。

「バルゴアめ」

そう、バルゴアの令嬢。彼女が現れなければ、全てうまくいったんだ。

「シンシア、だったっけ？」

シンシアと兄さんは、あの夜会のあと、すぐにド田舎のバルゴア領に逃げていった。

「くそっ、あの2人が王都にいれば、いくらでも手が打てたのに！」

シンシアを口説いて、兄さんを嫌悪するよう仕向けることだってできた。

僕は苛立ちを抑え切れず馬車の壁を蹴る。

「どうしてバルゴアが、よりによって兄さんなんかを選んだんだ？」

いくら考えても、その答えは出てこない。

しばらくすると、僕を乗せた馬車は、大きな劇場の前にたどり着いた。この劇場で演じている有名女優ナタリーと良い仲になっている。

ナタリーは平民だから、愛人として囲うくらいはいいだろう。貴族連中もそれぐらいは大目に見てくれるはず。

顔パスで楽屋まで向かうと、ナタリーは鏡に向かって顔に粉をはたいていた。僕が後ろから抱きしめても、その手を止めることはない。

「ナタリー、今日の夜は――」

「帰ってくれる？」

僕の言葉をさえぎったナタリーは、こちらに視線すら向けていない。

「お金があるし、顔もいいから付き合ってあげていたけど、もうおしまいにしましょ」

「え？」

「あんた、貴族の間で評判、最悪なんですってね？　そんなあんたと付き合っていたら、あたしの女優としての評価まで下がってしまうわ」

「ナ、ナタリー？」

細い肩を抱き寄せようとしたら、その手を叩かれた。

「触らないでよ。あんた、結婚しているんだって!?　奥さんがいるのに、あたしに声をかけるなんて信じられない！　しかも、兄の結婚相手を奪ったんだってね？　あんた最低よ！」

「し、知らなかったのかい？」

てっきり、全てを知った上で僕と付き合っているのかと思っていた。

「あたしに学がないからってバカにして！」

ナタリーは鏡の前にあったブラシを僕に投げつけた。顔に当たりそうになり、カッとなった僕はナタリーの腕を強く掴んだ。

「きゃあ、助けて！」

すぐに警備員が楽屋に駆け込んできた。警備員に押し倒された僕を、ナタリーが見下ろしている。虫けらを見るような目だった。

「二度とあたしの前に現れないで！　このクズ！」

僕はそんなナタリーを鼻で笑う。

「こんなことをして、ただで済むと思うなよ？　無学な君は知らないだろうが、僕はベイリー公爵家の……」

そのとき、楽屋の奥から女性が現れた。大きな帽子をかぶっている女性を見たナタリーは礼儀正しく頭を下げる。

「ようこそ、サルマ伯爵夫人！」

「ナタリー、今日の舞台も楽しみにしているわよ」

「はい！　劇団に多額の支援をしてくださり、ありがとうございます！　必ず今日の舞台も成功させてみせます！」

　僕はその名前を聞いて呆然としていた。

　サルマ伯爵とその夫人は、典型的な政略結婚で貴族としての義務を果たしながら、お互いに納得の上で外に愛人を抱えている。だから気軽に遊べると思い、僕からサルマ伯爵夫人に声をかけた。すぐに親しい仲になり、何度か夜を共に過ごしたこともある。

　そんなサルマ伯爵夫人は、床に押しつけられている僕を見下ろしながら「あら」と言う。

「久しぶりね、クルト」

「あ、あなたがナタリーをそそのかしたのか⁉」

「そそのかした？」

　サルマ伯爵夫人はクスクスと笑う。

「助けてあげた、の間違いではなくて？　私のように甘い言葉に騙されて、時間やお金を巻き上げられる前に、あなたの本性を教えてあげたのよ」

　夫人は、手に持っていた扇を僕の頬に当てた。

「クルト、私はあなたを愛していたわ。あなたも私を愛していると言った。そして、私と一緒になると言っていたわね？」

「そんなこと……」

言ったかどうかなんて、いちいち覚えていない。

「私を捨てて選んだのが王女殿下だったから、私は大人しく身を引いたのよ。でも、その王女殿下すらも捨てて、他の女の元へ行くあなたのことを、私は決して許さない。これから先、あなたが愛した女性を、私が全て奪ってあげる」

サルマ伯爵夫人の赤い唇が弧を描いた。その目は、まるで地獄へと通じる暗い穴のようだった。

「ひっ！」

おびえる僕を見て、サルマ伯爵夫人は満足そうに笑う。

「私が味わった絶望と屈辱（くつじょく）を、あなたも味わうべきだわ。これから先、あなたがどこで何をしても、私が必ず邪魔をしてあげる。もちろん、ナタリーにもこの劇場にも手出しはさせない。その男を早く外に追い出して。そして、二度とこの劇場内に入れないで頂戴（ちょうだい）」

サルマ伯爵夫人の命令を受けた警備員は、僕を担ぎ上げると劇場の外へと放り投げた。

「痛い！」

無様（ぶざま）に尻もちをついた僕を周囲の人たちが嘲笑（あざわら）っている。それを見たベイリー公爵家の御者が、慌てて駆け寄ってきた。

「クルト様⁉」

「くそっ！」

僕は、逃げるように馬車に乗り込んだ。

どうして、僕がこんな目に遭わないといけないんだ！

こんなときは、友人たちと酒を飲んでバカ騒ぎでもして忘れてしまいたかったけど、一緒に騒いでくれる友人は捕まらない。

他に行く場所もなく、仕方がないので僕はベイリー公爵邸に戻った。

また、うっとうしくアンジェリカがすがりついてくるかと思ったけど、彼女の姿はどこにもない。

探す必要性も感じられず、僕は父さんの執務室へと向かった。

父さんに、サルマ伯爵夫人に嫌がらせされていることを相談するためだ。公爵家の当主なら伯爵家ごとき、なんとかできるはず。そう思って執務室の扉を開けると、父は書類が高く積まれた執務机の前で頭を抱えていた。

「父さん？」

「ああ、クルトか。ちょうどよかった」

立ち上がった父は、書類を手に持ち近づいてくる。

「クルト、これを担当してくれないか？　雨季の間の設備支度金――」

「は？　僕が？　ムリだよ！」

父さんの言葉を聞き終わる前に、僕は首を左右に振った。

「そんなの、できるわけがない！」

「大丈夫だ。初めは誰でもできない。今から教えるから」

「嫌だよ！　どうして、僕がそんなことを⁉」

「どうしてって……。私だけでは、手が回らないんだ」

「はぁ？　他の人にやらせてよ！」

「重要案件を、外部の者に任せるわけにはいかない」

「父さんだけで仕事を回せないんだったら、今までどうしていたのさ⁉」

口を閉じた父さんは、僕から視線をそらした。

「……ルが」

「え？　聞こえないんだけど？」

「テオドールがしていた」

「は？　兄さんは王家の役人だろう？　どうして公爵家のことまで？」

父さんからは返事がない。

「王家は兄さんが抜けた穴を埋めるのに必死だって聞いたよ？　6人の役人で分担しても兄さんのしていた仕事をさばき切れないって」

「それでも、テオドールは、公爵家の仕事もしていたんだ！」

「そんな……」

僕は無性に腹が立った。

「そんなに利用価値があったんだったら、どうして兄さんを逃がしたんだよ！　鎖で繋いででも側に置いておくべきだっただろう！」

「テオドールに逃げ道などなかった！　今までもこれからも、王家と公爵家に仕えることだけがあいつの生きている意味だったんだ！」

その通りだった。兄さんはどういう扱いをされても、一度も文句を言ったことがなかった。ただ黙々と仕事をこなすだけの奴隷。その奴隷が急に自我を持って出ていってしまった。

「全てうまくいっていたんだ！　バルゴアが出しゃばってくるまでは！」

「そうだよ、バルゴア……バルゴアさえいなければ……」

いや、待てよ。夜会で一度きりしか見たことがなかったが、バルゴア辺境伯令嬢のシンシアはとても美しかったはず。

王女時代のアンジェリカが大輪の赤いバラのようだとしたら、シンシアは凛とした白百合のごとく……だったような気がする。いや、はっきりとは覚えていないけど。

「父さん！　兄さんとバルゴア辺境伯令嬢のシンシアを、なんとかして王都に呼び戻せないかな？」

「そんなことは不可能……いや、できるかもしれん」

「だったらすぐに呼び戻してよ！　僕がシンシアを落とすから。シンシアが兄さんを捨てれば、兄さんはもうどこにも逃げられない！」

「そうか、そうだな⁉　もうそれしかない！」

父は急ぎ手紙を書き始めた。それを見た僕はようやく胸を撫でおろす。

そういえば、ここに来たのは、サマル伯爵夫人について相談するためだったたっけ。

でも、よく考えれば、僕がシンシアを落とせばそれも解決する。だって、バルゴアには誰も手が出せないのだから。

僕たちが今、兄さんを連れ戻せないのは、バルゴアが兄さんの味方をしているからだ。だったら、そのバルゴアを僕の味方にしてしまえばいい。

「なんだ、簡単なことじゃないか」

僕は、清々しい気分で父さんの執務室をあとにした。

じんわりと汗ばむ季節がやってきました。

実は私、夏って苦手なんですよね……。暑いし、虫が多いから、じっと座って本を読むのに向いていません。

日が落ちれば涼しくなりますが、朝はセミが鳴いて夜はカエルの大合唱。本当にうるさいです。

去年の私は暑さを嫌がり、ほとんど部屋から出なかったような気がします。

でも、今年の夏はこれまでとは違います。なぜなら、テオドール様がいるからです。

テオドール様となら、暑い夏でも楽しく過ごせる……と思っていたのですが。

私は隣を歩くテオドール様をこっそりと見上げました。

まだ朝なので、それほど気温は上がっていませんが、それでも、歩いていると少し汗をかいてしまいます。

それなのに、なぜか涼しい顔をしているテオドール様。

「あの、テオドール様は、暑くないのですか？」

「暑いですよ」

「でも、汗をかいていないですよね？」

繋いでいるテオドール様の手は、汗ばむどころかサラサラしています。

「どうやら、私は汗をかきにくい体質のようなのです」

なんですか、そのうらやましい体質は⁉

でもそれじゃあ、夏の間、私だけ汗をかいているわけで……。

私は繋いでいた手を振りほどきたい気持ちになりました。なぜなら、私の手はすでに汗で湿っているからです。

「テオドール様」

私が手を離したくてもぞもぞと動かすと、しっかりと握り直されてしまいました。

「その、手を離していただけませんか？」

少し驚いたテオドール様に「どうしてですか？」と尋ねられます。

それは、私の手が汗で湿ってぐっちょりしているからです。でも、それを言うと気持ち悪がられないでしょうか？

そもそも、私だけ汗をかいているこの状況って、私だけ汗臭(くさ)いのでは？

どうしたものかと悩んでいると、テオドール様がぐっと顔を近づけたので、私はとっさに後ずさってしまいました。

「シンシア様？」

「あっ、えっと、その、手を繋がずに、少し離れて歩きませんか？」

テオドール様の目が大きく見開かれました。口も少しだけ開いていて、めったに見られないような表情になっています。

「どうしてか、理由をうかがっても？」

「は、恥ずかしい、からです」

「……そうですか。分かりました」

ニッコリと微笑んだテオドール様は、いつものテオドール様のように見えましたが、そのあとは、どこかぼんやりしていて会話がなくなってしまいました。

別れ際にテオドール様は「明日は手を繋いでもよいでしょうか？」と私に尋ねました。汗をかきにくい体質と言っていたテオドール様は、本当に汗をかいていません。私なんて脇汗のせいで服まで湿ってしまっているのに。

「ダメです……だって、臭いから……」

長い沈黙のあとで「そ、ですか」と呟いたテオドール様。

「シンシア様。朝の散歩はこれまで通り、ご一緒してもいいのでしょうか？」

「は、はい。もちろんです」

「では、また明日」

私に背を向けたテオドール様の足取りは、なんだかフラフラしているように見えます。

まさか、私が汗臭いから嫌になってしまったとか⁉

いいえ、テオドール様はそんなことで人を嫌うような方ではありません。でも、夏の間はお風呂にしっかりめに入ろうと心に誓いました。

その日の夜、私の部屋に一人のメイドが駆け込んできました。

「あれ？　ジーナさん？」

この小柄で色白な美人メイドは、カゲと呼ばれるテオドール様の護衛です。

「シンシア様、突然の訪問をお許しください！」

「そんなの、気にしなくていいですよ」

バルゴア領のメイドは、一応ノックはしますけど、返事も待たずに勝手に私の部屋に入ってきますから。

「何かあったのですか？」

ジーナさんは顔を強張らせたまま、床に両膝をつきました。

「大変申し訳ありませんが、何も聞かずテオドール様の部屋に来ていただけないでしょうか？」

「こんな時間にテオドール様のお部屋に、ですか？」

「はい。おそらくシンシア様だけが、現状を正しく理解して、解決できるのではないかと判断いたしました」

そういえば、このジーナさんは、王都でテオドール様と一緒に王女殿下にお仕えしていたと聞きました。とても優秀な方なのでしょう。

「よく分からないけど、分かりました。私がテオドール様の部屋に行けばいいんですね？」

「そうです。そうすることで、シンシア様のお役にも立てるのではないか、と私は予想しております」

「私の役に？」

「おそらくは。私はシンシア様に助けていただいたご恩があります。あのままシンシア様がテオドール様を避けていたら、誤解の原因になった私はどうなっていたのか、考えるだけで恐ろしい……。なので私は、シンシア様のお役に立ちたいのです」

「あ、ありがとうございます？」

なんのことだかよく分からないのですが、とりあえずお礼を言ってから、私はテオドール様の部屋へと向かいました。

その間に私は「テオドール様があなたのことをカゲと呼んでいましたが、私もカゲさんとお呼びした方がいいですか？」と尋ねてみました。

「いえ、ここではジーナと名乗り、メイドとして働かせていただいています。なので、ジーナとお呼びください」

「では、ジーナさんで」

「ジーナとお呼びください。さんなど不要です」

「えっと、じゃあジーナ」

「はい」

少しだけジーナと仲良くなれたような気がして、私はつい口元が緩んでしまいました。それを見たジーナは、両手を胸の前で組み合わせて、乙女が祈るようなポーズをします。

「やっぱりお仕えするのなら、この方がいい……。あっちは怖すぎる」

ジーナは何を怖がっているのでしょうか？

聞いてみたかったのですが、ハッとなったジーナは、まるで失言をしたように手で口を押さえました。だから、聞いてはいけないような気がして聞けませんでした。もっと仲良くなれたら、いつか教えてくれるかもしれません。

テオドール様の部屋にたどり着くと、ジーナが扉を開けてくれました。

部屋の中にテオドール様の姿はありません。

ジーナが「シンシア様が来られました」と告げると、ガタッとどこからか音がしました。

「えっと？」

状況が理解できない私に、ジーナは淡々と説明してくれます。

「テオドール様は、仕事から戻られてからずっと浴室に籠っています」

「どうしてですか？」

「さぁ、そこまでは私には分かりません」

ガタガタッとまた物音がしました。どうやらテオドール様は浴室で何かされているようです。

心配になった私が「テ、テオドール様？」と声をかけると、浴室の扉が開きました。

「本当にシンシア様がこちらに？」

そう言いながら現れたテオドール様の黒髪は濡れていて、まさかのバスローブ姿です。なんという眼福。目のやりどころに困ってしまうではありませんか！

「シンシア様？　どうしてこちらに？」

どうしてと言われても、私もどうしてここに呼ばれたのか分かりません。ジーナに聞こうと振り返ると、その姿はどこにもありませんでした。

これでは私は不審者じゃないですか！

「えっと、その、急に押しかけてすみません！　出直してきます！」

慌てて出て行こうとする私の腕を、テオドール様が掴みました。

「待ってください。ちょうど良かったです」

「は、はい？」

ポタポタとテオドール様の髪から雫が落ちています。しっとりと濡れた前髪を手でかき上げる姿は、色気満載です。

しばらくためらったあとに、テオドール様は私の顔の近くに腕を近づけました。フワッと石鹸のいい香りがします。

「どうでしょうか？　もう臭くないでしょうか？」

そう言うテオドール様の顔は、真剣そのものです。

「……はい？」

「まだ臭いますか？　何度も身体を洗ったのですが、まだ足りないようですね」

くるりと背を向けて浴室に戻ろうとするテオドール様の腕を、私は掴みました。

「臭くないですよ!?　というか、テオドール様が臭いわけないじゃないですか！」

「え？　しかし、今朝、私が臭いから触れるな、近づくなと……」

「そんなことは言っていません！　あれは、私が汗をかいていて臭いだろうから、少し離れてください、という意味で言ったんです！」

テオドール様の口がポカンと開きました。

「シンシア様は、いつもとてもいい香りがします」

「そ、そうなのですか？　テオドール様もいつもいい香りがしていますよ」

「本当に？」

「本当です」

テオドール様が深いため息をつきます。私は慌てて頭を下げました。

「誤解させるような言い方をしてしまい、すみません！」

どうして私は、いつもこうなのでしょうか？

申し訳なさすぎて、テオドール様の顔を見ることができません。

きっと、今までの私なら、この場から逃げ出してしまっていたでしょう。今だって逃げ出したくて仕方ありません。でも……。

私は、逃げ出したい気持ちをぐっとこらえて、顔を上げました。

「テオドール様に嫌われたくなくて、遠回しな言い方をしてしまいました。そのせいで、誤解させてしまって、本当にごめんなさい。次から気をつけます！」

言葉で謝罪するだけでは足りないような気がして、私はテオドール様の手にそっと触れました。そして、いつかのテオドール様がそうしてくれたように、その手のひらにキスをします。

私がそうしてもらえたとき、とても嬉しかったから。

「愛しています。許してもらえますか？」

おそるおそるテオドール様の顔を見上げると、テオドール様は顔を真っ赤に染めていました。

しばらくすると、小さな咳払いが聞こえてきます。

「許すというか、そもそも私は怒っていません」

そう言いながら、私を優しく抱きしめてくれました。

「そ、そうなのですか？」

コクリと頷くテオドール様。

「私のほうこそ、あなたに距離を置かれたのだと思い、頭が真っ白になってしまって、正常な判断ができなくなっていました」

「テオドール様でも、そんなことがあるんですね」

「シンシア様に出会ってからは、そんなことばかりです。恋や愛をテーマにした本をもっとたくさん読んでおけばよかったと悔やんでいます」

真顔でそんなことを言うテオドール様を見て、もしかしたら、私たちは恋愛に関しては似た者同士なのかもしれないと思いました。

赤い瞳が私をまっすぐ見つめます。

「シンシア様。私たちは、まだ出会って数ケ月しかたっていません。これから先もお互いに勘違いさせたり、すれ違ってしまったりすることがあるでしょう。ときには相手を傷つけてしまうことだってあるかもしれません。でも、そのたびにこうして向き合って、少しずつ分かり合っていきたいのです」

「テオドール様……」

クスッと笑ったあとに、テオドール様は、いたずらっぽい目をします。

「今日のことは、シンシア様と私の、初めての夏の思い出ですね」

「それはちょっと……」

汗の臭いを気にしてすれ違ったのが、初めての夏の思い出だなんて嫌すぎです。私は必死に夏っぽい別のことを考えました。

「えっと、夏のバルゴア領では光虫（こうちゅう）が見れますよ」

「光虫？」

「光る虫なのですが、夏の夜の湖にたくさん飛んでいて、とても綺麗なんだそうです」

私は夜に外に出るのをお父様に禁止されていたので、見たことはありませんが、兄がそう言っていました。

まぁそもそも、私も虫がわんさかいる夏の夜なんかに、外出したいとは思いません。でも、テオドール様と一緒なら、どこへでも行きたいです。

「他には、川遊びとかも気持ちいいらしいですよ。えっと、他に夏っぽいこと……。うーん、秋には豊穣祭があって、冬は温泉がお勧めなんですけど、夏って難しいですね」

悩む私をテオドール様は、ニコニコしながら見つめています。

「テオドール様は、何かしたいことありますか？」

「全部しましょう」

「ぜ、全部ですか⁉　できるかな？」

不安になっている私の頬にキスが降ってきます。

「できますよ。なぜなら、私たちはこれから先、ずっと一緒にいるのですから」

その言葉は、あせらなくていいのだと、私に言ってくれているようです。

「そっか……そうですね！」

安心した私は、ずっと聞こうと思って聞けなかったことを急に思い出しました。

それは初めてテオドール様にお会いした日のこと、おやすみなさいと私が言うとテオドール様は驚いていました。頬が少し赤くなっていたような気もします。

もしかしたら、言ってはいけない言葉だったのかと思ったものの、今まで聞くタイミングを逃してしまっていました。

恥ずかしい意味があったら気まずくなってしまうかもと思い、ためらっていたのもあります。

でも、テオドール様との距離が近づいた今なら聞けます。

「あの、王都ではおやすみなさいはどういう意味なのでしょうか？」

「おやすみなさい、ですか？」

「はい」

「おやすみなさいは、王都では寝るときの挨拶です。バルゴア領では違う意味があるのですか？」

「いえ、バルゴアでも同じです」

ということは、あの日のことは、私の気のせいだったのでしょうか？

「何か気になることがあるのですね」

「えっと、はい。私が初めてテオドール様にお会いしたときのことなのですが、私がおやすみなさいと伝えたらテオドール様が戸惑っていたような気がして……。もしかして、言ってはいけない言葉なのかと？」

「ああ、あのときのことですか」

テオドール様は優しい笑みを浮かべました。

「私は子どもの頃からずっと、誰にもおやすみなさいと言ってもらえないような存在でした。そんな私に初めておやすみなさいという言葉をくださったのがシンシア様です。だから、あのときは本当に驚きました。嬉しくて」

「テオドール様……」

今のテオドール様が幸せそうだからこそ、私の胸は苦しくなります。私たちがもっと早く出会えていたら、どんなによかったでしょうか。

「子どもの頃のテオドール様に会いたかったです。お友達になれたら、おはようもおやすみなさいも、いくらでもたくさん伝えることができたのに……」

私の目ににじんだ涙をテオドール様が拭ってくれます。

「私はあなたに会えたのが今でよかったと思っています。あの頃の無力な私はシンシア様にお会いしても、何もできなかったでしょうから。それに、子どもの頃のシンシア様を両親やクルトに見せたくない。あの両親のことです。シンシア様を無理やりクルトの婚約者にしようとしたと思いますよ」

「それは嫌ですね」

急に真顔になった私を見て、テオドール様は笑いました。

「私も嫌です。もし、これまで起こったつらい出来事が全てシンシア様に出会うために必要なことだったとしたなら、私は何度やり直しても同じ目に遭いにいきますよ」

「私はテオドール様がつらい目に遭うのは嫌です」

テオドール様は、自分を大切にしないところがあるので少し心配です。そんな私の心の声を読んだような答えが返ってきました。

「大丈夫です。シンシア様さえ私の側にいてくだされば、私は幸せですから」

「そんな簡単なことでいいんですか？」

なんだか納得いきません。

「それなら、テオドール様はこれから先、何があってもずっと幸せってことじゃないですか」

「シンシア様がそうおっしゃってくださるのなら、そういうことになりますね」

そのときのテオドール様があまりに幸せそうな顔で微笑んだので、私はつい見惚れてしまいました。

この笑顔を側でずっと見ていたい。そのためにも、もっとしっかりしないと！

そう決心しても、これから先も私はたくさん失敗してしまうことでしょう。しっかりとした大人の女性を目指していますが、まだまだ先は遠いです。

でも、テオドール様と一緒なら、失敗ですら笑い飛ばして楽しんでしまえるような、そんな素敵な日々になるような気がします。

あとがき

こんにちは、来須みかんと申します。本書は、別の書籍『社交界の毒婦とよばれる私　～素敵な辺境伯令息に腕を折られたので、責任とってもらいます～』というお話と同じ世界線になっています。なので、もしかしたら、初めてではない方もいらっしゃるかもしれません。

初めての方もそうでない方も、本書を手に取ってくださりありがとうございます。

このお話は、主人公のシンシアとヒーローのテオドールの関係が少し変わっています。シンシアにとってテオドールはヒーローなのですが、テオドールにとってもシンシアはヒーローです。なので、ときどきシンシアの無意識なヒーロームーブに、まるで乙女のような反応をしてしまうテオドール。

ダブルヒーロー、ダブルヒロインなお話になっています。そんな二人を楽しんでいただけると幸いです。

でも、大変申し訳ないことにこの本だけで完結できませんでした。言い訳ですが、王都とバルゴア領の距離が遠すぎて……。バルゴア領での問題は本書内で綺麗に解決できたのですが、王都にいるアンジェリカとクルトの問題がまだ残ってしまっています。なんとか、あと一冊だけでも続編を出させていただけたらなぁと願いつつ。もし、続編の書籍が出なかったら、小説投稿サイト『小説家になろう』さんにて続きを更新しようと思っているので、気になる方は探してみてください。今抱えている仕事が全部終わってからの更新になるのでだいぶ先になってしまいますが、それでもよければ。

素敵すぎる表紙と挿絵を描いてくださったのは羽公先生です！　愛らしいシンシアとカッコいいテオドールに感動してしまいました！　ありがとうございます！

最後になりましたが、サイト掲載時から読んでくださっている方、いつも応援して下さっている方、この本の出版に関わってくださった方々、特に担当様には大変お世話になりました！ありがとうございます！

読んでくださった方に楽しんでいただけると幸いです。

２０２４年５月　来須みかん

ちっちゃい俺の
巻き込まれ
異世界生活
1〜6
著 ぬー
イラスト こよいみつき
2024年9月、
最新7巻発売予定！
異世界転生したら幼児になっちゃいました!?
コミカライズ
企画進行中！
ちっちゃい俺でも
異世界を楽しんでいい？
巻き込まれ事故で死亡したおっさんは、幼児ケータとして異世界
に転生する。聖女と一緒に降臨したということで保護されること
になるが、第三王子にかけられた呪いを解くなど、幼児ながらに
次々とトラブルを解決していく。
みんなに可愛がられながらも異才を発揮するケータだが、ある日、
驚きの正体が判明する──
ゆるゆると自由気ままな生活を満喫する幼児の異世界ファンタジーが、今はじまる！
1巻：定価1,320円（本体1,200円＋税10%）978-4-8156-1557-4
2巻：定価1,320円（本体1,200円＋税10%）978-4-8156-1558-1
3巻：定価1,320円（本体1,200円＋税10%）978-4-8156-1918-3
4巻：定価1,320円（本体1,200円＋税10%）978-4-8156-2155-1
5巻：定価1,320円（本体1,200円＋税10%）978-4-8156-2322-7
6巻：定価1,430円（本体1,300円＋税10%）978-4-8156-2323-4

小鳥ライダーは都会で暮らしたい

小鳥屋エム

イラスト 戸部淑

コミカライズ企画進行中！

楽しい異世界で相棒と一緒に

ふんわり冒険しよう！

天族の血を引くカナリアは 15 歳で自立の一歩を踏み出した。辺境の地でスローライフを楽しめる両親と違って、都会暮らしに憧れているからだ。というのも、カナリアには前世の記憶がある。遠い過去の記憶だが一つだけ心残りがあった。可愛いものに囲まれて暮らしたいという望みだ。今生で叶えるには、辺境の地より断然都会である。旅立ちの供は騎鳥のチロロ。騎鳥とは人間が乗れる大きな鳥のこと。カナリアにとって大事な相棒だ。

これは「小鳥」と呼ばれるようになるチロロと共に、都会で頑張って生きる「可愛い」少年の物語！

定価1,430円（本体1,300円＋税10%）　ISBN978-4-8156-2618-1

https://books.tugikuru.jp/

まゆらん

イラスト 羽公

平凡って楽しくてたまりませんわ！


エリス・ラースはラース侯爵家の令嬢。特に秀でた事もなく、特別に美しいわけでもなく、侯爵家としての家格もさほど高くない、どこにでもいる平凡な令嬢である。……表向きは。

狂犬執事も、双子の侍女と侍従も、魔法省の副長官も、みんなエリスに忠誠を誓っている。一体なぜ？　エリス・ラースは何者なのか？

これは、平凡（に憧れる）令嬢の、平凡からはかけ離れた日常の物語。

定価1,320円（本体1,200円＋税10%）　978-4-8156-1982-4

https://books.tugikuru.jp/

コンビニでツギクルブックスの特典SSやブロマイドが購入できる!

famima PRINT　セブン-イレブン

『異世界に転移したら山の中だった。反動で強さよりも快適さを選びました。』『もふもふを知らなかったら人生の半分は無駄にしていた』『三食昼寝付き生活を約束してください、公爵様』などが購入可能。
ラインアップは、今後拡充していく予定です。

特典SS　80円(税込)から　ブロマイド　200円(税込)

「famima PRINT」の詳細はこちら
https://fp.famima.com/light_novels/tugikuru-x23xi

「セブンプリント」の詳細はこちら
https://www.sej.co.jp/products/bromide/tbbromide2106.html

愛読者アンケートに回答してカバーイラストをダウンロード！

愛読者アンケートや本書に関するご意見、来須みかん先生、羽公先生へのファンレターは、下記のURLまたは右のQRコードよりアクセスしてください。
アンケートにご回答いただくとカバーイラストの画像データがダウンロードできますので、壁紙などでご使用ください。
https://books.tugikuru.jp/q/202405/inakamononiha.html

本書は、「小説家になろう」（https://syosetu.com/）に掲載された作品を加筆・改稿のうえ書籍化したものです。

田舎者にはよくわかりません ～ぼんやり辺境伯令嬢は、断罪された公爵令息をお持ち帰りする～

2024年5月25日　初版第1刷発行

著者　来須みかん

発行人　宇草 亮
発行所　ツギクル株式会社
〒105-0001　東京都港区虎ノ門2-2-1
発売元　SBクリエイティブ株式会社
〒105-0001　東京都港区虎ノ門2-2-1

イラスト　羽公
装丁　株式会社エストール

印刷・製本　中央精版印刷株式会社

ISBN978-4-8156-2633-4
Printed in Japan